21 WAFFEN BRÜLLEN WIE EIN LÖWE

Eine erstaunliche Reise ins Licht

Translated to German from the English version of 21 Weapons To Roar Like Lion

DR. PRAGATI V. MORE-MENGADE

Ukiyoto Publishing

All global publishing rights are held by

Ukiyoto Publishing

Published in 2023
Content Copyright ©Dr DR PRAGATI V. MORE-MENGADE

ISBN 9789360164997
Edition 1
All rights reserved.
No part of this publication may be reproduced, transmitted, or stored in a retrieval system, in any form by any means, electronic, mechanical, photocopying, recording or otherwise, without the prior permission of the publisher.

The moral rights of the author have been asserted.

This is a work of fiction. Names, characters, businesses, places, events, locales, and incidents are either the products of the author's imagination or used in a fictitious manner. Any resemblance to actual persons, living or dead, or actual events is purely coincidental.

This book is sold subject to the condition that it shall not by way of trade or otherwise, be lent, resold, hired out or otherwise circulated, without the publisher's prior consent, in any form of binding or cover other than that in which it is published.

www.ukiyoto.com

Gewidmet

Meine Lebensinspiration,

"Chatrapati Shivaji Maharaj"

An meinen Guru,

Shri Achary Prashant Sir

Wer hat mir beigebracht, wie man lebt...

An meinen Sohn Arjun...

Atmung &

Herz meines Lebens,

" कुछ नही पता चलेगा अपने बारे में जब तक,
नए और चुनोतीपूर्ण माहोल में प्रवेश नही करोगे |"

Wahl! Wahl!
Du bist nicht hilflos.
Wach auf mit deiner Kraft !
Sie können nicht einfach weggetragen
werden.
Ohne Ihre Zustimmung
kann Ihnen nichts passieren.
- Achary Prashant Sir

Preface

"न भितो मरणादस्मि अहमस्मि योधः |
परिवर्तीतुम् शक्तिः न कदापि खंडितः ||"

Bedeutung:

Ich habe keine Angst vor dem Tod, ich bin ein Krieger

Ich besitze die Kraft des Wandels, unaufhörlich

Ich verbeuge mich vor den Lotosfüßen unserer großartigen Lehrer

Lassen Sie mich diese Gelegenheit nutzen, um meine Gefühle und Erfahrungen der letzten 6 Monate mit allen euch liebenden Menschen zu teilen. Als mein Sohn Arjun am 22. Oktober 2022 seinen 10. Geburtstag feierte, begann eigentlich meine Reise, mich für seine Besserung zu entfesseln. Mit engagierten konsequenten Bemühungen von meiner Seite sah ich enorme Veränderungen in ihm, in Bezug auf Verständnis, aktive positive Energie, verbesserten analytischen Denkprozess und erhöhte beruhigende Verbindung mit mir und seiner Natur.

Auf dieser schönen, endlosen Reise, als ich mit ganzem Herzen den Weg ging, mit der Entschlossenheit, ihn und mich selbst zu verbessern, entwickelte ich mich tatsächlich zu einem besseren Menschen. Um meine Kleinen in verschiedenen herausfordernden Situationen stark an der Hand zu halten, stärkte ich meine innere Kraft. Im Alter von 39 Jahren konnte ich 10 Online-Zertifizierungskurse absolvieren, die ich in den letzten 20 Jahren nach dem Verlassen des Colleges nicht absolvieren konnte.

Hier dachte ich, dass der tiefe bewusste Prozess, den ich durchmache, und seine Umsetzung aufgeschrieben werden sollten, damit, wenn wir als Eltern Schwierigkeiten haben, das gewünschte Wachstum in unseren kleinen Herzen geistig zu sehen, dieses kurze Buch als ein kleiner Hoffnungsstrahl in der Dunkelheit wirken kann, wenn wir uns manchmal hilflos fühlen.

Es wird gesagt, dass die Mutter das Kind zweimal zur Welt bringt, zuerst aus dem Mutterleib biologisch und zum zweiten Mal, indem sie ihm Weisheit und Wissen als Mentor gibt. Es ist die Aufgabe, die wir von ganzem Herzen übernehmen sollten, um die Mutterschaft wirklich zu schätzen. Es entsteht eine erleuchtete Welt der Verbindung zwischen uns und unseren kostbaren kleinen Champions. Es schafft in jedem Moment ein Bündel von Freuden. Ich hoffe, dass wir alle gemeinsam auf diesem Weg des Wissens mit entzündeten Köpfen reisen werden......

Während ich Kurse zu verschiedenen Aspekten des Lebens wie Spiritualität, Meditation, Psychologie und Techniken durchführte, die verwendet werden können, um das Leben besser zu machen, hatte ich das Gefühl, dass es bei jedem Ansatz oder jeder Modalität einige starke

Schlüsselpunkte gibt. Sie können in Kombination verwendet werden, um bessere Ergebnisse zu erzielen. Eigentlich sind sie alle einfallsreiche Waffen, mit denen wir unser Potenzial ausschöpfen können. In diesem Buch habe ich versucht, eine grundlegende Einführung in die Konzepte zu geben, die in jeder Theorie enthalten sind, die ich studiert habe.

Dieses Buch wurde erstellt, während alle wichtigen Faktoren der Technik kombiniert wurden. Ich nenne es "Arjun Kshatriy Modalität 1.0."

Ich habe das Gefühl, wenn wir schreiben, ist es an der Zeit, den anderen Menschen Mut und Inspiration zu geben. Hemmungen und Komplexitäten des Geistes sind bereits in jedem Menschen vorhanden. Das ist also meine kleine Anstrengung, dem Leben des Lesers einen Mehrwert zu verleihen.

Sei ein Krieger im Leben mit Weisheitswaffen!

Gib niemals auf!!

||युध्यस्व||

From Diary Of Pragati

Autor zu sein ist eine große Verantwortung, Inspiration durch Worte zu verbreiten, um viele Köpfe zu entzünden. Das Schreiben eines Buches ist eine große mentale und physische Reise für einen Schriftsteller, durch die er in Richtung des Lichts reist und sich in den Kern seiner eigenen Seele und seines Denkprozesses gräbt. Es ist das Medium der Kommunikation mit sich selbst und den Lesern. Der Rebell in ihm besiegt jedes Mal Dunkelheit und Unbekannte.

Die letzten Monate waren die goldene Zeit meines Lebens, die die Zufriedenheit, das Gefühl des Beitrags und die Ausdehnung des Selbst durch harte Arbeit brachte. Es ist der Schmerz und die Verwandlung, die ich überlebte, die wiederum meine Augen mit Tränen des bloßen Glücks nach Vollendung dieses Buches füllten. Da dies das erste englische Buch meines Lebens ist, habe ich mich demütig von ganzem Herzen bemüht, dem Leben der Leser einen Mehrwert zu verleihen. Ich wünschte, weit und breit, wenn jemand durch das Lesen dieses Buches motiviert wird, werde ich bedenken, dass meine Worte von Gelassenheit des Lebens gesegnet sind!

Shine My Sun

Was kann ich dir geben, mein Baby?

Ich zeige dir den Weg des Lichts in der Dunkelheit... und gebe dir den Weg, um echtes Glück zu finden!

Ich werde dir die spirituellen Flügel geben, um hoch zu fliegen...

Und wird dich schweigend am Himmel funkeln sehen...

Ich werde dich die Schönheit der Natur spüren lassen

Und reise lange mit dir, um den Wissensschatz zu finden...

Ich werde dich dazu bringen, dem Klang des Lebens zuzuhören

Und wird deine Hand sehr, sehr fest halten !!!

Beginnen wir die Reise der Weisheit und des Bewusstseins

Lasst uns ein Lied von Patriotismus und Freundlichkeit singen...

Du bist mein Geschenk von GOTT

Und ich werde es von ganzem Herzen lieben!!!

--- Pragati V. More-Mengade

Ich drücke meine Dankbarkeit gegenüber... aus.

Ich verbeuge mich vor dem GOTT und dem Universum, der ultimativen Energiequelle, die mir den Mut gibt, allen Widrigkeiten standzuhalten und von dem Punkt aus zu initiieren, an dem ich nach einem Sinn des Lebens suchte. Ich drücke meinen Dank an meine Gurus des Lebens aus, durch die ich heute stark bin. Ich danke meinen Eltern, meiner Familie für ihre ständige Unterstützung. Alles Liebe an meinen kleinen Sohn Arjun, weil er eine große Säule der Inspiration ist, manchmal auch ein Kritiker und Vater!

Ich danke allen bekannten und unbekannten Personen für ihren direkten und indirekten Segen.

Inhalt

Mutig den ersten Schritt machen: 1

Selbstanalyse 1

Immer in einer Schusslinie sein - die Einstellung zählt 10

Übergabe an Guru/Mentor: 16

Mentoring annehmen, um Exzellenz im Leben zu erreichen 16

EINEN GENAUEN PLAN ERSTELLEN – 19

ES IST EINE BLAUPAUSE, UM DORTHIN ZU GELANGEN!!! 19

LERNEN – EIN LEBEN LANG 26

SICH IN RICHTUNG GROSSER GEWOHNHEIT BEWEGEN & EINE SCHLECHTE BRECHEN! 31

BRECHEN SIE EINFACH DIE MYTHEN! 39

D E V E LO P U N F LI NC H I NG F O C U S & 44

C ONC E N TR ATI ON LIKE A R J U NA ! 44

HOBBIES - DURCHBRUCHWAFFE 50

FLEISS – DIE WICHTIGSTE WAFFE 54

SPIRITUALITÄT- FLÜGEL UM HOCH ZU FLIEGEN 59

BÜCHER LESEN – 66

EINE ECHTE WAFFE UND EIN WAHRER BEGLEITER FÜRS LEBEN! 66

DANKBARKEIT – DIE WAFFE, UM WÜRDIG ZU WERDEN! 72

GELD ALS VERMÖGENSWERT & WAFFE 84

STARKE BEZIEHUNGEN – SCHATZ UND WAFFE FÜR EIN GLÜCKLICHES LEBEN 89

GESUNDER GESUNDHEITSZUSTAND GESUNDER GEIST – 96

DAS GRÖSSTE & WESENTLICHE 96

PATRIOTISMUS 103

EMPATHIE – DIE TUGEND DER MENSCHLICHKEIT 106

GRÖSSER ALS DER TOD 108

DIE WAHRHEIT DES LEBENS 108

LEBENSZWECK : 113

ALLE WAFFEN EFFEKTIV EINSETZEN! 113

About the Author 117

Dr. Pragati V. More-Mengade

Mutig den ersten Schritt machen:
Selbstanalyse

Das Sanskrit-Mantra besagt, dass

"सर्वं ज्ञानं मयि विद्यते | आत्मदीपः भवः ||

Bedeutung:

Das, was ich lernen möchte, ist nur in mir,

~~Sinnlich~~

Wir sind das Universum in uns selbst…

Die elf **Analyse** gibt uns bewusstes Wissen über die Handlungen unseres Körpers und Gedanken, die ständig in unserem Geist laufen. Wenn wir die verschiedenen Fragen in Bezug auf uns selbst, auf "Chetana", die innerste Kraft, die uns antreibt, stellen, erhalten wir durch Antworten Klarheit über Handlungen, die in Zukunft ausgeführt werden sollen, und es hilft auch, Leidenschaft und Sinn zu finden! Die Entwicklung von "Chetana" ist sehr wichtig, um im Leben wachsam zu sein. Bis und wenn wir nicht wissen, an welchem Punkt wir derzeit stehen, wie können wir unser Ziel und die zu erreichenden Ziele gestalten? Sogar Google Map fragt auch nach Startpunkt der Reise & aktuellem Standort!!! Es ist also mehr es ist wichtig, den aktuellen Zustand von Körper und Geist zu kennen, bevor Sie festlegen, wohin Sie in Zukunft gehen sollen.

Wenn die Selbstanalyse abgeschlossen ist, können wir die Dinge und Aufgaben in Übereinstimmung mit unserer Priorität, dem Job, einem Geschäft, der Gesellschaft oder dem persönlichen Leben arrangieren. Verfügbare Zeit kann effektiv genutzt werden, dadurch steigt die Produktivität. Potenzial schafft seinen eigenen Weg, um innerhalb der Grenzen von Ausreden herauszukommen. Mechanisches Handeln ist kein Leben, es bedeutet nur, jeden Tag zu atmen und vorbeizugehen, ohne etwas zu wissen. Die Macht des Selbstwerts zu erkennen, sollte auf der nächsten Ebene mehr erforscht werden. Wenn Sie also von außen tief in das Innere des Selbst zur Kernseele selbst gehen, verdunstet der gesamte Müll im Kopf und der offene Lichthimmel wartet darauf, dass wir versuchen, uns auf alle möglichen Arten zu unterstützen...

Achary Prashant Sir sagt – Wenn Sie nicht wissen, was Sie genau sind, verpassen Sie nicht nur das Geheimnis, sondern auch das Offensichtliche...

Identifizieren Sie, in welcher Phase Sie sich befinden: Stabil? oder Kämpfen?

In der Gruppe der Menschen befinden sich nur sehr wenige Menschen in jeder Hinsicht in der Stabilitätsphase und die maximal verbleibenden haben mit den finanziellen, gesundheitlichen, Beziehungs-,

Karriere- und Gesellschaftsfragen zu kämpfen. Verbesserungen sind unter beiden Bedingungen möglich. Wer stabil vorankommt, kann sein Potenzial um 10 X steigern und Wer unter Problemen leidet, kann seine Probleme mit den effektiven Lösungen durch den Einsatz verschiedener Modalitäten und Techniken lösen. Einige wichtige Punkte, die berücksichtigt werden müssen, sind:

1) **Gesundheit**– Ganzheitlicher Ansatz – Geistige und körperliche Gesundheit

Die meisten Gesundheitsprobleme hängen mit der psychischen Gesundheit zusammen.Daher ist der Aufbau einer starken mentalen Kraft der wesentliche Schritt, um damit zu beginnen. Wir können auch versuchen, Folgendes zu implementieren:

a) Energisch werden

b) Vermeidung von Prokrastination und Faulheit

c) Abstand halten zu giftigen Dingen & Menschen

d) Übung machen..mindestens 3 km täglich gehen, wann immer möglich..

e) Zeit mit Geschlossenen verbringen, Gedanken speziell mit den Menschen der gleichen mentalen Wellenlänge teilen.

f) Regelmäßige Gesundheitsuntersuchungen: Der Mangel oder Überschuss einiger Elemente im Körper kann die geistige oder körperliche Gesundheit beeinträchtigen...Daher sind eine gute Behandlung und die Aufrechterhaltung der erforderlichen Menge dieser Elemente wie Vitamine, Mineralien durch den Körper, das hormonelle Gleichgewicht wichtige Faktoren für eine gute geistige und körperliche Gesundheit…

2) **Beziehungen**:

Die Art der Beziehung zu jedem ändert sich immer wieder, abhängig von den Faktoren wie,

a) Wie viele Erwartungen der anderen Person werden von Ihnen erfüllt?

b) Wie hoch ist der Grad des Verständnisses zwischen zwei?

c) Wenn eine andere Person Wert auf Ihre Verbesserung legt oder nur auf sich selbst fokussiert ist?

d) Wenn die Beziehung in Ihren harten Zeiten und unglücklichen Stürmen überlebt?

e) Wenn Sie andere Menschen glücklich sehen können, ohne eifersüchtig zu sein ?

Um eine Mauer zu knacken, werden maximale Beziehungen mit einem guten Geldbetrag gut gepflegt!!! Ha…Ha..Ha

Immer noch ein guter Zuhörer zu sein, die Ansichten anderer Menschen auf der Grundlage der Realität zu verstehen, Punkte mit einer Mischung aus Demut und Festigkeit vorzulegen, in schwierigen Zeiten anderer Menschen präsent zu sein, kann Beziehungen schön machen…

3) Finanziell – Es ist das Pferd, das Sie auf eigene Faust reiten müssen, abhängig von den Anforderungen der Zeit und des Kampfes...Jeder hat unterschiedliche finanzielle Bedingungen. Auch die Prioritäten sind unterschiedlich...So hilft ein geschicktes Management, die Minimierung unnötiger Bedürfnisse, das Sparen sehr... .Finanzieller Überfluss tröstet uns in vielen Situationen...also sollte Geld als großer Unterstützer respektiert werden.

4) Gesellschaftliche Probleme – Wenn Ihre Visionen klar sind und Sie niemanden wissentlich oder unwissentlich verletzen, sollte kein gesellschaftlicher Druck ausgeübt werden.Es ist sehr subjektiv...Wir können unser Leben nicht nach den Meinungen der Menschen leben.Wir haben eine Familie und ein Selbst zu ernähren!!!

Situationen, mit denen wir konfrontiert sind, sind von zwei Arten:

1. Kontrollierbar - Situationen
2. Außer Kontrolle - Situationen

Für beide der oben genannten Situationen ist der erste Schritt die Selbstanalyse.

Von der Geburt bis zum Tod folgen wir unseren Instinkten. Aber einige Überzeugungen werden in unserem Geist entwickelt, die unvermeidlicher Teil unseres Lebens werden, durch erfahrene Menschen Denkweisen und Lehren für uns. Sie beeinflussen unser Denksystem von Kindheit an. Auch

Selbsterfahrung im täglichen Leben baut unser Glaubenssystem auf und wir neigen dazu, die Entscheidungen entsprechend zu treffen. Aber Freunde, seid ihr in ein tieferes Selbst gegangen, um die Realität des Selbst zu finden? Warten Sie also eine Weile und lassen Sie uns zuversichtlich am allerersten Punkt Ihres Weges stehen, indem Sie das wichtigste „SELBST" kennen.

Selbstanalyse ist der Prozess der Selbsterkenntnis durch totales Bewusstsein. Physisch ist "Selbst" der Name der Persönlichkeit, die wir tragen und wie wir mit der Außenwelt auf unsere einzigartige Weise interagieren. Aber in Wirklichkeit ist es nur der 10 % oder weniger Teil, der auf der Oberfläche ist. Chetana (Kern) ist die herrschende Besitzerin dieses Selbst. In jedem Menschen existiert eine eigene Welt.

Psychologisch ist die Gehirnaktivität ein dreistufiges Modell des Geistes.

1) Bewusster Geist - Enthält Gedanken, Gefühle, Handlungen in all unserem Bewusstsein, die von Empfindungen und Wahrnehmungen in unseren Geist gelangen.

2) Unterbewusstsein - Reaktionen und automatische Aktionen, die sich bewusst werden können, wenn wir über sie nachdenken.Unter der Ebene des bewussten Bewusstseins.

3) Unterbewusstsein – Gedanken, Wünsche, Erinnerungen, die tief in unserem Inneren vergraben sind

Es gibt eine kontinuierliche Kommunikation zwischen Bewusstsein und Unterbewusstsein, die von den Sinnesorganen des Körpers initiiert wird. Wichtige Entscheidungen und Vorlieben ergeben sich aus der Kombination von allem, was sich in der inneren Welt des Körpers befindet. Das Unterbewusstsein macht 95 % der gesamten Denk- und Entscheidungsstruktur aus. Daher ist es notwendig, tief in dieses Unterbewusstsein einzutauchen, um das Selbst zu verstehen.

Fragebögen, die Sie sich selbst stellen sollten:

1. Wenn ich etwas zum ersten Mal sehe, zu was ich mich normalerweise hingezogen fühle

A) Optisches Erscheinungsbild

B) Audio, das von diesem Ding kommt

C) Vibrationen, die Sie davon spüren

D) oder Sie sammeln Daten in Bezug auf dieses Ding

> **Wenn wir 1 lösen.** Wir werden herausfinden, welche Art von Persönlichkeit wir sind. Offensichtlich hat jede Person einen dominanten Faktor & andere Faktoren sind weniger oder nicht vorhanden.Dies hilft uns herauszufinden, in welchen Beruf wir uns einbringen sollten oder welcher Leidenschaft wir folgen sollten, wenn wir die Wahl haben, ob wir

visuell/audio/kinästhetisch/ analytisch im Allgemeinen sind...

2. Was wünschst du dir am meisten in einem Leben ?

A)   Wachstum – Kontinuierliche Lernphase

B)   Beitrag zur   Gesellschaft

C)   Bedeutung – eine respektable Position in der Gesellschaft erreichen

D)   Finanzieller Überfluss

E)   Großartig, stark, Beziehungen in der Familie und mit allen

F)   Gesundheit mit Priorität

G)   Über die materielle Welt hinausgehen - Die totale Spiritualität zögert, die Welt zu präsentieren.

Die Antwort kann eine in vor allem oder eine Kombination von 2 oder 3 oder alle oben genannten sein.

Wenn wir 2 lösen. Wir werden über die höchste Priorität für uns selbst Bescheid wissen und auch A bis G auf unsere Weise arrangieren, um unsere Priorität zu verfolgen. Es wird kristallklar sein, was dann für den Rest des Lebens zu folgen ist.

Dies hilft uns, unseren Beruf, unsere Hobbys so auszurichten, wie wir es wollen. Außerdem können wir unsere Beziehungen verbessern, indem wir die Priorität des anderen im Leben kennen.

Zum Beispiel :

1] In Mahabharat klärt Lord Shrikrishna Arjuns verwirrten Geist, indem er ihm die Anleitung gibt und ihn die Prioritäten von "Karma" erkennen lässt

Wenn wir einen Zug buchen, müssen wir den gewünschten Ort kennen. Dann können nur wir Tickets arrangieren, notwendige Dinge mitnehmen, die Reise planen und letztendlich die Reise schön und komfortabel gestalten.

Wenn wir die Reise des bewussten Lebens durch Selbstanalyse beginnen, kommt uns automatisch Frieden in den Sinn. Wir planen massive Aktionen, aber mit Ruhe des Herzens. Letztendlich ist das ultimative Ziel jedes Menschen das Glück.

Hier ist also die erste Waffe – Erster Schritt zum Zweck – Richtige Selbstanalyse - Die halbe Arbeit ist getan!!!

Immer in einer Schusslinie sein - die Einstellung zählt

Nach der Festlegung der Prioritäten und des Zwecks eines Lebens durch Selbstanalyse sollte im 2. Schritt eine angemessene Einstellung entwickelt werden, um mit der Planung der Aufgaben zu beginnen. Bei positiver, unerschütterlicher Haltung manifestiert sich die Planungsphase effektiv.

Man sieht, dass alle erfolgreichen Menschen auf der Welt niemals aufgeben und immer im Einklang mit einer Feuerhaltung stehen.

Wenn Ziele klar sind und dir zu sehr am Herzen liegen, schläfst du nie mehr als die erforderlichen Stunden. Deine Faulheit ist völlig verschwunden. In jedem Moment strebst du danach, im gewünschten Bereich besser zu sein. Es ist wie ein Soldat in einer Armee, der sich wie immer auf dem Schlachtfeld sieht und die ganze Zeit wachsam bleibt. Er weiß nie, was als nächstes passieren wird, aber er bereitet sich auf jeden Zustand vor, der durch eine Haltung von ganzem Herzen bevorsteht.

Arjuna nahm auch die Lehren von Lord Shrikrishna mit einer guten Einstellung des Zuhörers auf und wurde zum größten Krieger dieser Zeit.

DECHNIQUE 1: Hilfe aus dem Leben eines

großen Helden nehmen, Schriftstellen: Zunächst den spirituellen und inspirierenden Aspekt erkunden:

1. Lesen Sie aus den vergangenen Geschichten über die wahren Helden, die durch ihre Kshatriy [Krieger] - Einstellung immer noch in den Herzen der Menschen leben. Recherchiere intensiv über ihre großartigen Qualitäten und ihre Natur, die dir als Inspiration für eine weitere wachstumsorientierte mentale Reise dienen können.

Zum Beispiel:

a) Shrimad Bhagavatgeeta lesen - Es ist ein philosophisches Dokument, das eine zeitlose Schrift ist, die man im praktischen Leben befolgen kann.

In Kapitel 3, Karmyog(Vers30), sagt Lord Shrikrisna zu Arjun:

"मयि सर्वाणि कर्माणि संन्यस्याध्यात्मचेतसा |

निराशीर्निर्ममो भूत्वा युध्यस्व विगतज्वरः ||३०||"

Bedeutung:

„Verzichte auf alle Handlungen in Mir mit dem im Selbst fixierten Geist, frei von Hoffnung und Egoismus, kämpfe ohne geistige Aufregung".

Es zeigt, dass wir immer weiter gegen alle Widrigkeiten kämpfen müssen, die zu einer Hürde in unserem mentalen Wachstum werden, ohne an Ergebnisse zu denken und uns dem Sinn des Lebens völlig hinzugeben! Schauen

Sie niemals zurück, kämpfen Sie mit all Ihren Kräften und Ressourcen, indem Sie Ihren Kopf immer hoch in Richtung des ultimativen Sonnenscheins halten. Lassen Sie Ihre Waffen niemals bis zum letzten Atemzug des Lebens fallen.

Hören Sie "Powada"- (eine traditionelle Marathi-Ballade oder spezielle Texte, die mit Kampfgeist gesungen werden, um die Geschichte zu erzählen und die Ereignisse dieser Ära zu erzählen) und lesen Sie Bücher über Chatrapati Shivaji Maharaj Lebensgeschichten, Maharana Pratap Leben usw.

TECHNIQUE 2: Einsatz von Technologie:

1) Effektive Nutzung von sozialen Plattformen wie Google, YouTube, um Informationen zu erhalten und sich in der Anfangsphase inspirieren zu lassen. Motivationsgeschichten, Reden schaffen zunächst Trägheit.

2) Gute Motivationslieder erzeugen große Energie, die für die Planung benötigt wird.

Technik 3 : Affirmationen für die tägliche Praxis zum Aufbau einer großartigen Einstellung:

1. Ich werde mich entscheiden, bis zum Ende auf dem Schlachtfeld zu kämpfen, werde nie weglaufen und die Härten sehen.

2. Ich werde meine Kraft über die Grenzen des Schmerzes hinaus erforschen, ohne Ausreden zu geben.

3. Mein Ziel ist wichtiger als vorübergehende Sinnesfreuden.

4. Ich werde eine bessere, kraftvollere Version von mir selbst entwickeln.

5. Ich verdiene all die guten und begehrten Dinge, ich werde von ganzem Herzen auf den Weg schauen, um sie zu erreichen und letztendlich die Liebe des Lebens zu schätzen!!!

6. Ich werde beenden, was ich beginne!

7. Ich bin der größte spirituelle, praktische Kshatriy für immer, der niemals aufgeben wird, was auch immer es sein mag!!!

Technik 4:

KRIEGERLICHTEMPFANGSTECHNIK [WLRT]

Befolgen Sie die folgenden Anweisungen in einer stillen, gesunden Umgebung

1. Beine zusammenklappen, auf Boden oder Matte sitzen.

2. Halte die Hände in Yogmudra auf den Knien. Schließe deine Augen.

3. Atme dreimal tief aus den Nasenlöchern ein, atme aus dem Mund aus.

4. Singe sie dreimal bis zum aktiven Punkt des Intellekts im Gehirn. Stelle dir beim Singen vor, dass sich alle deine Gedanken an einem Ort angesammelt haben.

5. Stellen Sie sich nun vor, dass Sie auf einem hohen Berggipfel stehen und die Hände beiseite legen.

6. Nehmen wir an, dass ein weißer Lichtstrahl von dem virtuellen Bild auf Ihren Kopf kommt, wer Ihr Idol, Ideal ist oder wen Sie anbeten.

7. Absorbieren Sie die einströmende starke Energie in Ihrem ganzen Körper

8. Angenommen, dieser Kreis dieses weißen Lichts umgibt dich als Ring.

9. Sage: "Danke, mein Höchster, dass du mich mit Kriegergeist gesegnet hast, ich werde niemals aufgeben."

10. Öffne langsam deine Augen.

Immer Linie eines Feuers

Formel :

Richtige Einstellung 50% - Mut, Fleiß, Klarheit, Vision

+ Realistischer Plan 25 % - Berechnung der aktuell verfügbaren Ressourcen, Vorbereitung auf das Schlimmste, 90 pro starrem und 10 pro flexiblem Plan, um gegebenenfalls Verbesserungsmöglichkeiten zu erhalten

+ Massive Aktionen 25 % - Werden Sie zu massiven Aktionsträgern und nicht zu den Tagträumern

= Gewünschtes Ergebnis + Dankbarkeit **oder** Lektion/Erfahrung+ Wahrheit

Das Fazit ist, die Löwenhaltung zu entwickeln. Der Löwe ist nicht der schnellste, nicht der stärkste, noch das größte Tier. Er ist immer noch der König des Dschungels, der allein brüllt.

Übergabe an Guru/Mentor: Mentoring annehmen, um Exzellenz im Leben zu erreichen

Das Leben ohne „Guru" ist wie ein Zuhause ohne Lichtfackel. Achary Prashant Sir sagt:

"गुरु तुम्हे कुछ देता नही है, वो तुम्हे पैदा करता है"

Bedeutung:

Es bedeutet, dass dein Mentor, Meister, Führer dir nichts gibt. Vielmehr gebiert er dir eine neue Geburt.

Es ist wünschenswert, die praktische Mentoring von der berechtigten Fachperson in der Branche zu akzeptieren, wir wollen uns auszeichnen. Es kann verschiedene Mentoren für verschiedene spezifische Sektoren geben, z. B. Spirituell, Technisch, Gesundheit, Finanzen, Beruf. Wir sollten unseren Mentor mit Bedacht wählen, da diese Person danach unser Denken und unseren Lebensweg beeinflussen und gestalten wird.

So funktioniert Mentor:

1. Er/Sie hört dir sehr aufmerksam zu. Er versucht zu wissen, was Ihre Bestrebungen in Bezug auf

Finanzen, Gesundheit, Arbeit und Geschäft, Beziehung, Glück und psychische Gesundheit sind.

2. Er beseitigt Unordnung durch Anleitung und das Wissen, das er aus seinen Lebenserfahrungen gewonnen hat.

3. Er spielt eine Rolle als Ihr größter Motivator, Kritiker, Integrator. Er entfernt bestimmte Fehler aus Ihren Gewohnheiten und Ihrem Verhalten, indem er Ihre Natur und Ihr Verhalten analysiert. Als Leitfaden entdeckt er Schlupflöcher in Ihrer Planung und auch schwache Strings bei der Durchführung eines beschlossenen Plans. Wenn wir den Anweisungen des Mentors folgen, gehen wir voran, indem wir die Fehler minimieren und das Potenzial maximieren.

4. Er gibt den Rahmen und die Struktur für Ihre Ziele vor.

5. Er stattet sich mit den notwendigen Methoden, Werkzeugen und Techniken aus, die für Ihre Reise erforderlich sind.

6. Er bereitet Sie auf kommende schlimmste, negative Situationen vor, so dass Sie auch auf schwierige Situationen vorbereitet sind.

7. Er wird zu einem Baustein in deinem Wachstum.

8. Er ist ein Leuchtfeuer in der Dunkelheit des Lebens, das dir immer bedingungslos Licht gibt.

In Mahabharat wird Lord Shri Krishna Guru und Gott für Arjun und klärt seine Verwirrung und führt ihn zu dem Karma, das notwendige Maßnahmen ohne Rücksicht auf die Ergebnisse ergreift. Das ist die Pflicht, die jeder erfüllen sollte, wenn die richtigen Dinge rufen.

Chanakya wurde Guru von Chandragupt, nahm ihn von den gewöhnlichen Verhältnissen auf und machte ihn zum König, indem er das praktische Wissen gab, wie sich der Mann in verschiedenen schwierigen Situationen verhalten sollte, wie man nicht von vorübergehenden Attraktionen schwankt, wenn dein Ziel hoch ist. Auch nach so vielen Jahren folgen wir 'chanakyneeti' als reine Originalschrift, von der wir lernen können.

Swami Paramhans wurde Guru von Narendra, einem normalen Jungen, und entwickelte ihn in Swami Vivekananda, dem Symbol einer Jugend und eines Stolzes für Indien.

Mentor kreiert, baut um und verdrahtet Sie neu wie ein Töpfer, der sein künstlerisches Talent nutzt, um mit Leichtigkeit Kunstwerke zu schaffen.

Er ist wie ein Lehrer, der die Stimme der Wahrheit ist, nicht der Mann hinter der Stimme. Wir können Wissenschaft von Wissenschaftlern lernen, Geschäfte von Händlern, aber wenn wir das Leben lernen müssen, lerne es von Guru. Wähle daher den perfekten Guru oder Mentor und er wird als deine eigene starke Waffe fungieren.

EINEN GENAUEN PLAN ERSTELLEN – ES IST EINE BLAUPAUSE, UM DORTHIN ZU GELANGEN!!!

Wenn Sie sich über Ihre Ziele im Klaren sind, entwerfen Sie einen soliden Plan, um diese zu erreichen.

Planung ist nicht nur die Roadmap der Nutzung von Daten, Tools und Methoden, um Ziele zu erreichen, sondern auch die richtungsweisende Waffe der Transformation.

Die Planung kann unter Berücksichtigung der folgenden 3 Zeiträume erfolgen:

1) Sofortplan für eine Woche

2) Für die nächsten 6 Monate planen

3) Für die nächsten 5 Jahre planen

Und auf der Grundlage des oben genannten Plans führen Sie bitte eine Minutenplanung für den Alltag durch.

Über 4 Planungsschritte können in jedem Sektor wie Finanzen, Karriere, Gesundheit, Wachstum, Verfolgung jeder Leidenschaft, spirituelles Erwachen,

Lernen angewendet werden.

Wesentliche Tugenden des Lebens wie Glück, Befreiung, Erfüllung und das Wissen um die Wahrheit des Lebens werden als Nebenergebnisse dieses Prozesses automatisch abgeleitet, wenn bewusste Anstrengungen unternommen werden. Genaue Planung in Richtung des Ziels und eine verrückte harte Arbeit sollte in die Tat umgesetzt werden, um es Wirklichkeit werden zu lassen. Es ist nicht das Ziel, sondern die Reise, die wir durchlaufen, die Erfahrungen, denen wir begegnen, verbessern uns drastisch und geben uns ein ganzheitliches Wachstum auf mentaler und anderer Ebene.

Einige Herausforderungen, denen wir bei der Umsetzung eines Plans begegnen können:

1. Unsicherheiten über bevorstehende Ereignisse können zu einer Hürde werden, wenn es darum geht, einem beschlossenen Weg zu folgen.

2. Im launischen Wachstum des Geistes können sich unsere Prioritäten mit der Zeit ändern. Das Eindringen einer ganz anderen, besseren Perspektive, durch wachsendes Bewusstsein auf das Leben zu schauen, und die Dynamik der Erfahrungen, die auf natürliche Weise auftreten, können uns dazu bringen, vorab beschlossene Pläne zu ändern.

3. Wir könnten uns zu etwas Neuem hingezogen fühlen, das sich völlig im Entwicklungsprozess befindet

4. Es können gesundheitliche Probleme auftreten, denen höchste Priorität eingeräumt werden sollte.

5. Tagträumer Natur: Manche Leute machen einen soliden Plan mit voller Energie, aber wenn die Zeit der Ausführung kommt, fehlt es ihnen an Maßnahmen. In diesem Fall bleibt die Planung nur auf dem Papier

6. Manche Menschen beginnen, die Planung zunächst mit Begeisterung zu verfolgen. Aber auf dem Weg geben sie auf, lockeres Interesse. Beharrlichkeit ist der Schlüsselfaktor für jeden Erfolgsplan.

Wir müssen unseren Plan nach einem bestimmten festgelegten Zeitraum weiter analysieren und überarbeiten. Aber vor dieser festgelegten Zeit, spielen Sie voll auf dem Schlachtfeld. Bitte wähle nicht mittelmäßig, behalte das Höchste im Auge, um es zu erreichen. Die Einhaltung des entworfenen Plans von 80 % und die Beibehaltung der Flexibilität von 20 % können zu einem besseren Ergebnis führen.

Die Beibehaltung einer Flexibilität von 20 % kann eine Änderung des Plans mit

1. Neue Techniken

2. Neue Fristen

3. Finanzielle Rückstellung

4. Aufnahme des neu gefundenen erweiterten Lebenszwecks in den Planungsplan.

Meine Freunde, starre Pläne funktionieren möglicherweise nicht immer. Auch wenn es nicht zu 100 % erreicht wird, kann es ein Gefühl der Schuld in unserem Kopf erzeugen. Es kann wiederum das geringe Selbstwertgefühl erzeugen. Unser Ziel ist es, alles mit Leichtigkeit zu erreichen, so wie wir ein schönes Lied des Lebens singen. Wir sollten jeden Schlag genießen, den Planungsprozess zu verfolgen, und auch den Schmerz, der mit viel harter Arbeit verbunden ist!

Im Sanskrit heißt es:

"कार्यानाम आरब्धस्य अन्तगमन बुद्धिलक्षणम् ॥

Bedeutung:

Das Beenden der Aufgaben, die wir beginnen, ist das Symbol dafür, intellektuell zu sein.

"योजनानां सहस्त्रं तु शनैर्गच्छेत् पिपीलिका |
अगच्छन् वैनतोयपि पदमेकं न गच्छति ॥ "

Bedeutung:

Die sich langsam bewegende Ameise kann auch tausend Meilen laufen, aber der Adler, der sich nicht von seinem Platz entfernt, kann auch keinen einzigen Schritt machen!

Nützliche Mind-Techniken:

1) Frame Shifting Technik:

In jeder Situation hat der Geist den aktuellen Rahmen, der ein Bild einer tatsächlichen Phase einer Person in Bezug auf Finanzen, Herangehensweise, Gesundheit, Beziehungen, Karriere zeigt. Aber er hat einen gewünschten Rahmen vor Augen, wohin er nach einiger Zeit, sagen wir 5 Jahren, gehen will. Diese Technik ersetzt die aktuelle Gemütsverfassung durch die gewünschte Fassung. Es signalisiert dem Unterbewusstsein, sofort Maßnahmen zu ergreifen, um die gewünschte Phase bald abzuleiten. Große Energie entsteht in einem Geist, wenn wir uns vorstellen, dass wir die gewünschte Phase bereits erreicht haben. Um also die Belohnung der gewünschten Phase zu erhalten, beginnen wir automatisch hart zu arbeiten, wenn es sich im Unterbewusstsein anpasst.

Schritte:

1. Schließe deine Augen

2. Aus den Nasenlöchern einatmen und aus dem Mund ausatmen.

3. Atme 3 Mal tief durch.

4. Versuchen Sie, alle Ihre vorhandenen Gedanken im Gehirn zu konzentrieren.

5. Denke über deinen tatsächlichen aktuellen Zustand in Bezug auf alle Aspekte des Lebens nach.

6. Versuchen Sie, ein Bild davon zu machen, setzen Sie es in einen Rahmen. Für manche Menschen kann

dieser aktuelle Rahmen sehr miserabel und unordentlich sein.

7. Stellen Sie sich nun bitte vor, dass sich der aktuelle Frame im Gehirn von links nach rechts bewegt.

8. Versuchen Sie, darüber nachzudenken, auf welcher Ebene Sie sich in allen Begriffen sehen möchten, d. h. Erfolg, Finanzen, Gesundheit, Beziehungen, Wachstum.

9. Machen Sie ein Bild davon und passen Sie es in einen gewünschten Rahmen.

10. Gehen Sie davon aus, dass dieser gewünschte Rahmen in einiger Entfernung vor Ihrer Stirn gehalten wird.

11. Nehmen wir nun an, dieser gewünschte Rahmen kommt zu Ihnen und wird auf Ihre Stirn gelegt.

12. Sagen Sie laut Switch und ersetzen Sie den aktuellen Frame im Gehirn vollständig durch den gewünschten Frame

13. Jetzt beginnt sich der gewünschte Rahmen in deinen Geist zu bewegen und passt stark auf einen Bildschirm deines Gehirns.

14. Spüren Sie die Freude, für eine Weile im gewünschten Rahmen zu sein!

15. Sieh jeden Teil deines Körpers jetzt mit Ruhe und Glück lächeln.

16. Reiben Sie Ihre Hände sanft.

17. Lege es auf deine Augen und öffne langsam deine Augen.

18. Üben Sie dies mindestens einmal pro Woche.

Bitte nehmen Sie die notwendigen Anleitungen und rüsten Sie sich mit Planungstechniken aus. Beziehen Sie die fortschrittlichen Technologien ein, um die gewünschten Ergebnisse auf systematische Weise schneller zu erzielen. Betrachten Sie jeden Aspekt der Geschichte, die Sie aufbauen möchten, auf Minutenebene!!! Die Reise der Meilen beginnt mit der weiten Vision, die strahlende Sonne zu betrachten und einen effektiven Plan als Waffe zu tragen.

LERNEN – EIN LEBEN LANG

Seit der Antike ist es wichtig, das "Shastra" (Wissen über alle Wissenschaften) und "Shastra"(Waffen) zu lernen. Für Shishya (Schüler) in Gurukuls wurde eine Schulung über eine Kriegstheorie und Techniken zum Beherrschen verschiedener Waffen arrangiert. Auch in der heutigen Welt brauchen wir Waffen in unterschiedlichen Formaten. Eine schöne Kombination aus traditionellen Methoden, die seit Tausenden von Jahren bestehen, und den fortschrittlichen modernen Modalitäten zeigt uns, wie wir wie ein Vogel am Himmel fliegen können, frei von schmerzhaften Belastungen, Stress, Angstzuständen und anderen psychischen Problemen.

Natürlich und physisch gibt es keinen großen Unterschied zwischen Tieren und Menschen. Beide kämpfen ums Überleben und die Fortpflanzung. Das Einzige, was Menschen wunderbar wundervoll macht, ist die Kunst, weiter zu lernen, geistig zu wachsen, Fähigkeiten zu entwickeln und sie in den achtsamen Alltag umzusetzen.

Wir sind lebenslange Schüler eines Buches namens Life. Die Person, die sagt, dass ich alles weiß, schränkt sich selbst ein, jede Möglichkeit zu haben, weiter zu wachsen und notwendige Veränderungen vorzunehmen, die für ein noch besseres Leben angepasst werden sollten. Selbst Forscher, die zu Lebzeiten viel mit einer Sache experimentiert haben und es geschafft haben, sehr neue Dinge für die Transformation des Menschen zu erfinden, sagen auch, dass sie Studenten dieses Fachs und keine Professoren sind.

Im Sanskrit heißt es:

"ज्ञानवानेव सुखवान् ज्ञानवानेव जीवति ।

ज्ञानवानेव बलवान् तस्मात् ज्ञानमयो भव ॥"

Bedeutung:

Ein sachkundiger Mensch ist immer glücklich, er lebt nur, er hat nur die ganze Kraft, also sei sachkundig !!!

Die wichtigsten Punkte jeder Art von Lernen, an dem Sie beteiligt sind, bestehen aus den folgenden Punkten:

1. Verständnis der untersuchten Konzepte in tiefer

2. Holen Sie sich die Informationen über Techniken, die als Handbuch verwendet werden können, um sie in der Praxis zu verwenden.

3. In der Realität Maßnahmen ergreifen, um sie umzusetzen und den Zeitplan der Aufgaben entsprechend anzupassen.

4. Regelmäßige Nachverfolgung der Ergebnisse des Prozesses

5. Wichtige Änderungen in der Gestaltung des Lernens bei Bedarf vornehmen und die neuen fortgeschrittenen Konzepte begrüßen und in Pläne aufnehmen.

6. Sie beeilen sich nicht, Schlussfolgerungen zu ziehen, da sie für einige Zeit endgültig erscheinen können, aber sie können sich bald ändern, wenn sich der Rahmen und die Zeit des Denkens ändern.

Arten von Waffen zum Lernen:

1. Spirituell – Lesen von Ved, Upnishad, ShriMad Bhagavatgeeta, alten Schriften und guter philosophischer Literatur aus der ganzen Welt.

2. Meditativ – Alter Himalaya & moderne Techniken

3. Motivierend – Geschichten von großen echten Helden hören, die einen Unterschied gemacht und ihre Welt von Level Null aus erschaffen haben

4. Heiler für psychische innere Gesundheit – Erlernen und Implementieren verschiedener Techniken und Theorien, die von Modalitäten wie Neuro-Lingusitische Programmierung (NLP), Gesetz der Anziehung usw. vorgeschlagen werden.

5. Technisch - Verwenden von Suchmaschinen, um Informationen abzurufen, Social Media effektiv für Wachstum und verschiedene Anwendungen, um die schwierigen Aufgaben zu erleichtern.

6. Praktiken zur Gesundheitsverbesserung – Entfernen toxischer Elemente aus dem Körper, Panchkarma, gute gesunde Ernährung und

Bewegung...In der Natur spazieren gehen, indem man es gründlich spürt...

7. Techniken zur Gehirnoptimierung - Geschwindigkeitsablesung, Konzentration, Momorisierungstechniken

8. Soziales – Beitrag zur guten Sache verstehen, wenige, aber echte Freunde & Gemeinschaft haben, die die Verbesserung jedes Einzelnen wollen

9. Wachstum – Ganzheitliches Wachstum in allen übermenschlichen Aspekten

SPIRITUAL WARRIOR TAI CHI TECHNIQUE:

Tai Chi, Kurzform für Tai Chi Chuan, manchmal auch "Shadowboxing" genannt, ist eine interne Kampfkunst, die für Verteidigungstraining, gesundheitliche Vorteile und die Aufnahme von Lernhaltung praktiziert wird und das Universum auffordert, diese Meditation zu unterstützen. Schöpfer des "Tai Chi" sind Chen Wangting oder Zhang Sanfeng.

Die Praxis verwendet sowohl Kampfkünste als auch Meditation, was wie eine unwahrscheinliche Kombination erscheinen mag. Es besteht aus einer rhythmischen Choreographie, die jeder leicht üben kann, wann immer wir Zeit haben. Aber am besten am frühen Morgen, wenn der Lärm um uns herum minimal ist. Es hat viele innere und äußere gesundheitliche Vorteile.

1. Lindert Stress und Angstzustände
2. Steigert die kognitiven Fähigkeiten
3. Erhöht die Flexibilität und Beweglichkeit
4. Verbessert die Balance- und Koordinationsfähigkeiten
5. Verbessert Kraft und Ausdauer

Jeder kann davon profitieren. Die moderne Weiterentwicklung ist auch für Personen gedacht, die sich medizinisch nicht bewegen können und dies auch auf einem Stuhl tun können.

Lassen Sie uns die Schönheit der Selbstentwicklung bewundern und das Potenzial voll ausschöpfen. Sei die Feuerflamme, die jedermanns Leben erleuchtet. Lassen Sie uns ein Ozean der Ruhe sein, der großartige Aktivitäten im Inneren bietet. Lassen Sie uns einen grenzenlosen Himmel des Lernens haben!

SICH IN RICHTUNG GROSSER GEWOHNHEIT BEWEGEN & EINE SCHLECHTE BRECHEN!

"अपने खिलाफ
जंग लगातार गर्म रहे
हथियार डाल मत देना |
बहुत इच्छा उठेगी
सोते रहने की
तुम जगे रहना ||

---आचार्य प्रशांत सर

Bedeutung :

Es heißt, dass du ständig gegen dich selbst kämpfst, lass Waffen überhaupt nicht fallen. Es wird viel Lust zum Schlafen geben, aber du bleibst wach !

Was ist eine Gewohnheit?

Eine Gewohnheit ist ein Muster, das während des

Betriebs erstellt wird, um sich auf eine bestimmte, sich wiederholende Weise zu verhalten.

Es ist ein Handeln auf den Impuls und Impuls des Gedächtnisses, ohne Dinge zu denken oder zu verstehen und es unbewusst zu tun.

Wie Gewohnheiten entwickelt werden:

Routinemäßige Gewohnheiten: Regelmäßige Gewohnheiten werden von der Geburt bis zum aktuellen Stadium als Folge von

1) Auswirkungen auf die Massenkultur

2) familiäres Umfeld

3) überzeugungen, die die Person durch Selbsterfahrungen aufbaut

4) den Zeitplan, den die Person einhalten muss

5) offensichtlich die inneren natürlichen Vorlieben der Person

6) Alltägliche Notwendigkeiten

7) Körperliche Grundbedürfnisse

8) Sofortige Befriedigung

9) Um das gewünschte Ergebnis in kürzerer Zeit zu erzielen.

Wie _schlechte_ Gewohnheiten entwickelt werden:

1. Um ein sofortiges vorübergehendes Vergnügen zu erhalten

2. Einige finden süchtig nach schlechten Angewohnheiten eine sofortige Lösung, um die Traurigkeit, den Stress und die Angst vorübergehend zu minimieren und so für eine Weile vor Sorgen davonzulaufen

3. Das menschliche Leben erwartet in jedem Zustand mehr und mehr. Der Verstand wird nie zufrieden sein mit dem, was er hat. Der Boden des menschlichen Geistes ist so beschaffen. Mit wenigen Ausnahmen besteht immer ein Ungleichgewicht zwischen der gewünschten Stufe und der aktuellen Stufe eines Menschen. Bestrebungen, Erwartungen, routinemäßige Anforderungen an sich selbst und die Familie schaffen Druck im Kopf des Menschen, den er/sie die meiste Zeit nicht geistig aushalten kann. Es spielt eine wichtige Rolle bei der Herstellung oder Entwicklung einer schlechten Angewohnheit.

Um eine schlechte Angewohnheit wiederherzustellen, muss man sich großen Schmerzen unterziehen. Es wird gesagt, dass Rom nicht an einem Tag gebaut wird!

Es sind also Disziplinarmaßnahmen erforderlich, um es langsam zu durchbrechen.

Wenn es dir gelingt, schlechte Gewohnheiten zu brechen, hilft uns Universe von allen Seiten. Die Natur wird zu deinem Freund und die Gelegenheiten beginnen, bei Bedarf an deine Tür zu klopfen. Verbesserung liegt in einem selbst, wenn schlechte Gewohnheiten beseitigt werden und gleichzeitig gute

Gewohnheiten gepflanzt werden.

Es ist wie eine Wiedergeburt, die sich von der Selbstschuld befreit und sich bewusst auf die Wahrheit des Lebens zubewegt. Kurz gesagt, in diesem Fall werden wir nicht zu Sklaven unserer schlechten Gewohnheiten. Wir sind der Meister und der Kontrolleur unserer emotionalen, verhaltensbezogenen Welt.

Ich kann sagen: " Nehmen Sie die emotionale und verhaltensmäßige Kontrolle über Ihren Körper und Geist in die Hand, dann kann nichts Schlechtes Sie beeinflussen oder zu Ihrer Gewohnheit werden.Beteiligen Sie sich so an würdigen Dingen und dem höchsten Lebenszweck, dass Sie keine Zeit haben, Dinge zu ruinieren."

Einfachste Methode :

1. Führen Sie ein Tagebuch für 66 Tage, wobei jeden Tag die Häufigkeit, die Anzahl der Wiederholungen von schlechten Angewohnheiten und die damit verbundenen besonderen Zeiten berechnet werden.

2. Identifizieren Sie die Auslöser, die dazu führen, dass sie wieder und wieder auftreten, falls zutreffend.

3. Jeden Tag mit einer kleinen Menge an Schritt oder Menge minimieren.

4. Untersuchen Sie die Ergebnisse nach jeder Woche und analysieren Sie das Muster

Spüre die Verzweiflung und Dringlichkeit, sie zu brechen.

Schlussfolgerungen meiner psychologischen Forschungsarbeit, die im Indian Science & Research Journal (IJSR) „Escape From a cage of bad addiction" veröffentlicht wurde

Ausgabe : Band 12 Ausgabe 10, Oktober 2023

Ijsr.net

1) Menschen haben eine schlechte Sucht in ihrem Leben aufgrund von 2 Dingen (a) Schmerz und Stress b) Suche nach sofortigem Vergnügen menschliche Natur und Mangel an höherwertigem Ziel.

2) Wenn Schmerz in Treibstoff umgewandelt wird, um Lösungen für Probleme mit Weisheit zu finden, geht Stress verloren und letztendlich nimmt die Intensität der Sucht ab.

3) Die Analyse der Prioritäten des Lebens mit langer Vision ist wichtig, um sich in einer guten kreativen Arbeit zu engagieren und so weder Raum noch Zeit zu geben, auch nur an Sucht zu denken.

4) Das Prinzip der Kernverschiebung funktionierte erfolgreich.

5) Der erste Schritt zum Erfolg spielt zu 80 % eine Rolle.

6) Mentoren spielen eine Initiationsrolle, um ein Leben mit schlechter Lebensqualität zu beenden.

7) Freunde, Familie, mentale Unterstützung, Reisen in der Natur, Motivationsreden, Musikhören ergänzen diese Reise, um der schlechten Sucht zu entkommen.

8) So Journey Von der Flucht vor Sucht ist ganzherziger mentaler Kampf mit Mut, um Selbstwürde zu erreichen.

9) Man sollte auf jeden Fall bei Bedarf psychologische Hilfe in Anspruch nehmen, die eine Kombination aus spirituellen, medizinischen und inspirierenden Techniken sein wird.

Medizinische Perspektive:

Obwohl 75 % der Gesundheitsprobleme durch Heilung des Geistes geheilt werden können, beeinflussen Hormone, die aus Zellen und Muskeln bestehen, unsere Stimmung und Gewohnheiten.

Kontrollieren Sie das Blut alle 6 Monate. Wenn ein Element einen Mangel hat, kann die Einnahme einer medizinischen Behandlung Probleme wie Müdigkeit, Angstzustände und niedrige Energie verbessern.

Arbeiten Sie auf vorsichtige und bewusste Weise an den Gesundheitsbedingungen.

NLP-Techniken:

1) **Die 20-Sekunden-Regel** erhöht die Aktionsbarriere, falls vorhanden, so dass Sie eine schlechte Gewohnheit verhindern und eine gute Gewohnheit einsetzen können. Die Initiierung einer

Aufgabe ist der entscheidendste Teil davon. Das Grundprinzip ist, dass, wenn es mehr als 20 Sekunden dauert, um eine Aufgabe zu starten, wir es eher nicht tun.

A) Heben Sie die Aktionsbarriere für Arbeiten an, die Sie nicht ausführen möchten. Halten Sie die Dinge fern von Ihrer Reichweite, mit denen Sie körperlich süchtig sind.

Machen Sie sie nicht verfügbar.

Ersetzen Sie schlechte Gewohnheit durch gute.

Zum Beispiel: Gehen Sie vor dem Schlafengehen weiter.

B) Reduzieren Sie die Handlungsbarriere in der Arbeit, die Sie erledigen möchten. Halten Sie Hintergrundbilder am Telefon, Plakate an der Wand der guten Gewohnheiten.

1) 7-Minuten-Regel

Wenn eine Aufgabe, die schlechte Angewohnheit zu brechen, groß erscheint, brechen Sie sie in 7 Minuten auf und führen Sie nur den ersten Teil durch. Denken Sie Schritt für Schritt nach.

Die berühmte Autorin Joyce Meyer sagt, dass

"Schlechte Gewohnheiten sind unsere Feinde, weil sie uns daran hindern, die Person zu sein, die wir sein wollen."

Spiritueller Aspekt von Gewohnheiten:

Auf spirituelle Weise ist es sehr subjektiv, ob eine Gewohnheit gut oder schlecht ist. Eine Gewohnheit ist, wenn sie für eine Person gut ist, kann sie sich für eine andere Person als schlecht erweisen. Jedem Muster von guten oder schlechten Gewohnheiten zu folgen, ist immer schwierig. Schlechte Gewohnheiten, die hauptsächlich mit Alkohol, Tabak und ähnlichen Dingen in Verbindung gebracht werden, lassen unseren Geist für einige Zeit nicht erkennen, was genau passiert. Es ist wie ein Spaziergang im Schlaf. Wir handeln, bewegen uns, sind uns aber bewusst nicht bewusst, was vor sich geht. Sie halten uns nicht in der Gegenwart. Wir agieren als programmierte Person, die ihren Input aus der Vergangenheit im unbewussten Gedächtnis aufnimmt.

Zu leben bedeutet zu verstehen, aber die Gewohnheit erlaubt es uns überhaupt nicht, die Wahrheit zu verstehen. Um jede Art von Gewohnheit loszuwerden, sollte das Befolgen bestimmter festgelegter Muster vermieden werden. Auslöser, die uns in diese schmutzige Welt bringen, sollten überhaupt nicht unterhalten werden! Sei die ganze Zeit in deinen Sinnen, das Leben ist kurz und lass es uns nicht tödlich oder im Schlaf verbringen. Entscheide dich und tu es!

BRECHEN SIE EINFACH DIE MYTHEN!

Da ein Mensch eine gesellschaftliche Einheit ist, sind bestimmte Mythen auch Teil seines Denkprozesses und seine Handlungen haben einen großen Einfluss darauf. Manchmal werden Mythen so stark, dass der Fortschritt einer Person eingeschränkt wird und er oder sie ein Potenzial in ihm/ihr nicht vollständig erforschen kann. Jeder Mensch ist sicherlich mit den einzigartigen Eigenschaften begabt und wenn er sie als seine Stärke einsetzt, werden viele direkte und indirekte Probleme gelöst.

Kein Mensch kann von den Lasten, die er unnötig trägt, frei sein, ohne die Mythen im Alltag zu brechen. Die Absicht besteht nicht darin, gegen heilige Traditionen zu rebellieren, sondern ein ganzheitliches Wachstum eines Menschen zu erreichen, und die hier gemachten Aussagen stammen aus eigener Erfahrung.

1. **Theorie des Gedankenaustauschs durch Dr. Pragati**

   Mythos: Das Gehirn wird durch Multitasking überlastet

Interessante Fakten über das Gehirn:

70000 ist die Anzahl der Gedanken, die das menschliche Gehirn durchschnittlich an einem Tag produziert. Das erwachsene menschliche Gehirn macht etwa 2 % des gesamten Körpergewichts aus und wiegt tatsächlich etwa 3 Pfund. Das Gehirn arbeitet mit der gleichen Leistung wie eine 10-Watt-Glühbirne. Unser Gehirn erzeugt so viel Energie wie eine kleine Glühbirne, auch wenn wir schlafen. Das menschliche Gehirn kann bis zu 1000 Wörter pro Minute lesen. Die menschlichen Gehirnzellen können fünfmal so viele Informationen speichern wie die Enzyklopädie. Das menschliche Gehirn ist in der Lage, mehr Ideen zu schaffen, die denen der Atome des Universums entsprechen. Unser Gehirn hat über 100 Milliarden Nervenzellen. Das menschliche Gehirn ist der leistungsstärkste Computer mit einer Verarbeitungsgeschwindigkeit von 3000+Ghz. Im Laufe eines Lebens kann unser Gehirn bis zu 1 Billiarde separate Informationsbits speichern. Obwohl das menschliche Gehirn 2% des Körpers wiegt, verbraucht es 20% unserer Körperenergie.

Wenn das menschliche Gehirn so viel enorme Kapazität besitzt, wie kann es dann mit den täglichen Aktivitäten überlastet werden und neue Dinge lernen, die Freude bereiten. Paradoxerweise nutzen wir die minimale Kapazität des Gehirns auch nicht voll aus. Nur praktisch ist es, all die negativen Gedanken, die in diesen 70000 Gedanken aufsteigen, durch positive Gedanken zu ersetzen und Überdenken zu vermeiden.

Wenn die Zeit effizient verwaltet wird und Faulheit entfällt, wird Multitasking zum Game Changer!!!

MYTH:

2. Mit zunehmendem Alter können wir Dinge nicht wie im jüngeren Alter erreichen.

Realität :

Hey, komm schon, körperlich werden wir vielleicht älter, aber geistig ist das Alter nur eine Zahl.

Sie können alles von dort aus starten, wo Sie gerade stehen.

Auch nach den Vierzigern können wir mit der gleichen Begeisterung und Energie lernen wie ein College-Mädchen oder ein Junge. Vielmehr ist das spätere Lernen der Prozess der reinen Freude, da es keinen Prüfungsdruck gibt. In diesem Fall wählen wir den Bereich aus, in dem wir Kenntnisse erwerben oder Fähigkeiten anpassen möchten. In diesem Stadium ist der Geist im Vergleich zu einem sehr jungen Stadium auch stabiler.

Junge Menschen können auch ihr Potenzial bis zu 10x erforschen, da sie den Tötungsinstinkt in sich haben, die Welt durch Wissen zu regieren.

Auf der ganzen Welt gibt es viele erfolgreiche Beispiele von Menschen, die sich sehr spät zurechtgefunden haben, aber dieses Feld damals nicht so gerockt haben!!!

MYTH 3:

Ich sehe nicht gut aus oder verdiene es nicht

Realität: Konzepte der Schönheit oder Schönheit sind sehr subjektiv und verändern sich von Person zu Person. Im spirituellen Aspekt sind wir nicht der

Körper, sondern die Seele im Inneren. Der Körper verschlechtert sich mit der Zeit und niemand auf der Welt hat es geschafft, ihn überall jung zu halten. Durch Bewegung und gute Ernährung können wir die Körperalterung in geringer Menge kontrollieren, aber wir können sie nicht aufhalten. Also die Sache, die nicht nachhaltig ist, wenn wir darauf basierende Entscheidungen treffen sollten? Sollten wir unser Glaubenssystem auch abhängig vom physischen Aussehen der Außenwelt erstellen oder von welcher Rahmenwelt wird uns basierend auf unserer äußeren physischen Erscheinung betrachten?? Die Antwort lautet Nein

Wir müssen analysieren, was die versteckten Fakten und Werte sind, die mit dieser bestimmten Person oder Sache verbunden sind. Die Dinge, die sich hinter dem Vorhang befinden, haben die wichtigsten Geschichten in sich.

Jeder, der es drin hat, verdient es total!!! Ändern Sie die Perspektive, die Dinge zu betrachten.

Gehen Sie für die Verbesserung einer nachhaltigeren Seele, die Chetana in sich ist. Es wird leuchten und uns das ganze Leben lang leiten.

Solange wir nicht in eine völlig neue und herausfordernde Umgebung eintreten, indem wir vorinstallierte Gedankensysteme löschen, können wir nichts über die Selbstwahrheit oder die wirklichen Dinge, die in der Welt geschehen, wissen. Wir werden nicht von dem anderen System versklavt, wir werden von unserer eigenen Angst und Gier versklavt. Überwinde es mit Mut, um jeden Mythos, der mit uns in Verbindung gebracht wird, zu widerlegen.

NLP hat eine Daumentechnik, bei der jeder Mythos oder jedes negative System durch die Wahrheit und einen bejahenden Satz ersetzt wird.

DEVELOPUNFLINCHINGFOCUS & CONCENTRATION LIKE ARJUNA!

Sanskrit shloka In Chanakyaneeti Granth, Kapitel 6, Vers 16 heißt es:

"प्रभूतंकार्यमल्पम् वातन्नर: कर्तुमिच्छति |
सर्वारम्भेणतत्कार्यं सिंहादेकंप्रचक्षते ||

"Während der Löwe mit all seiner Kraft jagt, ist sein Erfolg definitiv. Nur so müssen wir uns auf unser Ziel konzentrieren, indem wir uns sehr anstrengen."

Wenn wir Ziele festlegen, Pläne machen, um sie zu erreichen, und wenn wir uns im Prozess des Lernens und Handelns befinden, sind Konzentration und Konzentration erforderlich, um optimale Ergebnisse zu erzielen. Nur mit höherem Fokus leiten wir den maximalen Output aus den gewünschten Aufgaben ab.

Konzentration bedeutet, wichtige Dinge zu tun, indem man an einem Punkt die maximal gewünschte Zeit einräumt, indem man Gedanken ausrichtet, die durch gutes mentales Management immer wieder in den Prozess einfließen. Es sollte auch einen Raum für andere Arten von Gedanken geben, die uns auf Umgebungen aufmerksam machen, die sich ebenfalls in einer Reihe von Handlungen befinden. Der Fokus ist einen Schritt voraus, wo trotz der Versuchungen aus der Außenwelt kein anderer Gedanke in den Sinn kommt, und er hat bei jeder großen Aufgabe die höchste Priorität.

Konzentrations-/Fokusherausforderungen sind:

1. 95 % der Menschen träumen täglich von zukünftigen Dingen.

2. Menschen empfinden Freude an den zukünftigen Momenten, bevor sie passieren, auch wenn sie unsicher sind. Manchmal haben sie Angst vor einer unvorhersehbaren Zukunft. Solche Gefühle und Emotionen erzeugen imaginäre Bilder, die sich als eine Reihe von Vorfällen bewegen. So bereuen die Menschen entweder die Vergangenheit oder bewegen sich in der Zukunft weiter und sind nicht in der Lage, sich auf eine wichtige Aufgabe zu konzentrieren. Der Geist ist auf diese Weise aufgebaut.

3. Angst im Kopf bedroht immer wieder von innen heraus.

4. Tief im Unterbewusstsein verankert, beeinflussen Emotionen, die durch Misserfolge in der Vergangenheit entstehen, die Konzentration.

5. Sofortige Lustsuche oder sofortiger Befriedigungsgeist lässt die Arbeit in der Hand und

bewegt sich weiter über andere Aufgaben, zu denen er sich hingezogen fühlt.

6. Soziale Medien, unerwünschte Nachrichten, Technologie, die nicht für ihre positive Seite verwendet wird, schafft einen gestörten Geist, der zu Konzentrationsschwäche führt.

Von Kindheit an hören wir immer wieder „Konzentriere dich, konzentriere dich", aber niemand sagt uns, wie es geht.

Für jeden Menschen wird Konzentration nicht in Bezug auf gut oder schlecht gemessen. Es handelt sich entweder um gerichtete Konzentration oder um abgelenkte Konzentration mit unterschiedlichem Prozentsatz.

Aufgrund mangelnder Konzentration:

1. Wir werden zwischen verschiedenen Aufgabenprioritäten verwirrt, was zuerst zu tun ist

2. Wir bekommen keine Zufriedenheit und Seelenfrieden, auch wenn wir die Aufgabe technisch erledigen können.

3. Stresslevel steigt, da der Geist aufgrund mangelnder Konzentration Druck verspürt, einige Aufgaben nicht zu erledigen

4. In regelmäßigen täglichen Aktivitäten, im Job oder Beruf, in Beziehungen, in der Gesellschaft, in der wir uns langweilen, sollten wir Aktivitäten ausführen, da wir immer die Lieblingsaufgaben auswählen, die uns Freude bereiten.

Konzentration wie Arjuna kann dazu beitragen,

1. Studierende im Studium
2. Fachkräfte, Mitarbeiter in ihrem Job
3. Beim Lernen einer neuen Schule für die Lernenden
4. Alte Menschen, um geistige Stabilität zu erreichen
5. Um aus der Unruhe herauszufahren
6. Für jeden, der Aktivitäten in einem vollständig gegenwärtigen Geisteszustand ausführen möchte.

Arjuna ist das großartige Beispiel für Konzentration. Jeder kennt die Geschichte von "Arjuna und das Auge des Papageien".

Wenn sein Guru ihn fragt, was siehst du auf dem Baum voller Früchte, Blätter, Vögel, Natur? Er antwortet: „Ich kann nur das Auge eines Papageis sehen, da du die Aufgabe hast, darauf zu zielen." Nach dem Gesetz der Dualität gibt es auch Ablenkung, wenn es eine Konzentration gibt. Wie kann man dann den inneren Krieg loswerden? Wie kann man dann in der regulären Arbeit eine Art Arjuna-Konzentration erreichen? Die Umsetzung, mit der Sie beginnen, die Arbeit zu erledigen, die Ihnen langweilig ist, mit guter Energie und Begeisterung.

Lösungen:

1. Wenn Sie auf einer Mission sind, schieben Sie Ihren Geist nicht dazu, sich zu konzentrieren,

sondern machen Sie es zu einer Liebesaffäre, die Sie genießen. Tun Sie alles mit Leichtigkeit, lösen Sie sich im Ruhm der Aufgabe auf. Ersetzen Sie Konzentration durch bewusste Aufmerksamkeit und lassen Sie Raum für andere Dinge und Aufgaben. Beobachte die anderen Gedanken neben deinen Aufgaben als Wolken, die kommen und gehen. Kämpfe nicht weiter mit ihnen. Sei nicht zu starr.

2. Üben Sie OM mindestens 5 Mal am Morgen bezaubernd. Om ist der Klang des Universums und Symbol des Friedens.

3. Üben Sie tiefes Ein- und Ausatmen. Die Kontrolle des Atems senkt die Herzfrequenz und reguliert die schnellen Aktivitäten der Neuronen im Gehirn.

4. Für jede Zeit, die für eine Aufgabe benötigt wird. Spüren Sie die Dringlichkeit, dies zu tun, und geben Sie sich für eine wichtige Aufgabe einen kleinen Preis. All dies signalisiert Ihrem Geist, die unternommene Aktivität mit maximaler Konzentration durchzuführen.

5. Bei einigen Aufgaben ist Stress in qualitativer Höhe notwendig. Es verbessert die Zeit, die für die Erledigung dieser Aufgabe benötigt wird. Zum Beispiel, erinnern Sie sich? Wir konnten unsere Studie von ganzen sechs Monaten in nur 7 Tagen vor den Prüfungen durchführen.

Im spirituellen Kontext kommen diejenigen, die sich für reale Dinge interessieren, die die richtigen

Aufgaben gewählt haben, der Konzentration nach. Sie müssen Ihre Zeit an dem Ort verbringen, an dem der wahre Wert liegt.

Konzentration ist die größte Waffe, um Ressourcen auf optimalem Niveau zu nutzen, das Selbstwertgefühl durch Erledigung von Aufgaben zu stärken und in der heutigen Zeit mit Leichtigkeit, Frieden und Erfüllung zu bleiben.

HOBBIES - DURCHBRUCHWAFFE

Wie Achary Prashant Sir sagt -

"' न रुतबे न ताकद

न महलो – मकान के लिए

तुम्हारे भीतर है कोई तडपता

पंख और उडान के लिए

मुठ्ठी भर आसमान के लिए "

Bedeutung:

Weder für Prestige noch für Stärke

Jemand in dir ist unruhig für Flügel & Flug

Für eine Handvoll Himmel "

ESEHR LEIDENSCHAFTLICHER KÜNSTLER und Hobbyist hat den gleichen Wunsch!

Wir wählen Beruf oder Arbeit hauptsächlich mit der Absicht, Geld zu verdienen, um in der materiellen Welt zu überleben und die Bedürfnisse unserer Familie zu erfüllen. Für manche Menschen werden ihre Hobbys zum Beruf. Aber für die meisten sind Beruf und Hobbys zwei verschiedene Lebensweisen. Wenn diese beiden Wege sich gegenseitig ergänzen, kommt es infolgedessen mit Leichtigkeit zu Resonanz und Erhebung einer Person. Wenn Pflichten und Hobbys Hand in Hand gehen, wird das Leben zu einem Lied, das aus verschiedenen schönen Saiten besteht.

Hobbys entwickeln sich aus den inneren Interessen und aus der Massenkultur der Gesellschaft, in der wir leben. Sie sind etwas, dem wir nicht folgen müssen, sie sind Teil unserer Persönlichkeit und Individualität. Ohne ein kreatives, freudiges Hobby zu haben, mag das Leben wie ein Regenbogen ohne Farben erscheinen. Wenn wir im Tagesablauf etwas Zeit haben und wenn es produktiv genutzt wird, können Sie etwas schaffen, das für die Welt völlig neu ist. Sie sind auch nicht zeitgebunden, also erzeugen Sie keinen Druck der Fertigstellung auf eine Person.

Im Leben werden wir manchmal müde, fühlen uns deprimiert, langweilig, allein, ängstlich. Unter all diesen Bedingungen haben Hobbys die Kraft, die Stimmung in eine gute zu verwandeln. Einem schönen Lied zu lauschen, eine Weile zu tanzen, in die Natur zu gehen, die unvergleichlichen Schöpfungen des Höchsten zu beobachten, Bücher zu schreiben und zu lesen, neue Dinge zu erfinden, sind die Symbole der Lebendigkeit. Wenn nicht alle und viele weitere Hobbys da waren, blieben uns nur mechanische Routinen. Stellen Sie sich vor, wenn jemand kein Hobby hätte, um für die Gesellschaft zu arbeiten, wenn Freundlichkeitsaktivitäten in so großem Umfang durchgeführt würden?

1. Bei Aufgaben und Hobbys sollte das Gleichgewicht gewahrt bleiben.

2. Unsere Hobbys sollten keinen anderen Zeitplan beeinflussen oder anderen schaden.

3. Wenn es einen Anruf gibt, sollte immer Pflicht gegenüber Hobby gewählt werden. Hobby sollte deine innere Vorliebe sein und nicht das, was dir von anderen aufgezwungen wird.

4. Wir sollten nicht zum Sklaven von Hobbys werden. Wir sollten in der Lage sein, die dafür vorgesehene Zeit zu überwachen.

5. Hobbys sollten niemals als Zeitverschwendung betrachtet werden. Sie sind mehr als nur Zeitvertreib.

6. Sie haben enorme psychologische Vorteile für das Leben des Bastlers. Die Forschung hat gezeigt, dass ein Hobby dazu beitragen kann, die Auswirkungen von Depressionen, Demenz und Stress zu lindern. Es ist ein mächtiges Werkzeug für ein glücklicheres Leben.

7. Die Pflege von Hobbys schafft eine positive Einstellung im Leben von Berufstätigen, die mit einem stressigen Leben konfrontiert sind, das zu einer unbefriedigenden Arbeitsfähigkeit führt.

8. Hobbys verbessern körperliche und geistige Aktivitäten

9. Wenn ältere Menschen sich in Hobbys vertiefen, fühlen sie sich nach der Pensionierung nicht einsam.

10. Hobbys ermöglichen es Ihnen, etwas Freizeit von der Arbeit und Verantwortung zu haben. Dies ist besonders vorteilhaft für Leute, die sich überlastet fühlen und ihre Batterien aufladen müssen, indem sie etwas tun, das ihnen Spaß macht.

11. Hobbys helfen uns, unsere Vorstellungskraft zu verbessern, die Welt auf neue Weise wahrzunehmen und den mentalen Raum zu schaffen, den wir brauchen, um brillante Ideen zu entwickeln.

12. Sie erweitern unseren Horizont und unseren sozialen Kreis.

Lassen Sie uns einer Person in unserem Kopf die Hand reichen, die sehr kreativ und so mitfühlend ist!

LE T'S schaffen eine Reihe von Innovationen und eine Kunst, die die Welt nie vergessen wird!

FLEISS – DIE WICHTIGSTE WAFFE

"यथा ह्योकेन चक्रेण न रथस्य गर्तीभवेत् ।
एवं पुरुषकारेण विना दैवं न सिध्यति ॥ "

Bedeutung :

"So wie sich der Wagen nicht mit einem Rad bewegen kann, bringt auch das Schicksal ohne harte Arbeit keine Früchte."

Es dauerte mehr als 40 Jahre, bis der große Krieger der Ära "Chatrapati Shivaji Maharaj" das Land "Swaraj" baute, das frei von den ausländischen Eindringlingen war.

Es dauerte mehr als 150 Jahre kontinuierlicher Bemühungen von Freiheitskämpfern und einfachen Menschen, um von der britischen Herrschaft befreit zu werden.

Der reichste Mann der Welt, der Milliardär Elon Musk, arbeitet heute ebenfalls mehr als 18 Stunden am Tag.

Jackie Chan, ein Kampfkünstler und Stuntman, berühmter Oscar-prämierter Schauspieler aus Hongkong sagt: „Wenn man erfolgreiche Menschen sieht, kennt man die Geschichte dahinter nicht. Wenn alle schlafen, übe ich mich sehr darin, trotz vieler

Frakturen in all den Jahren nicht einen Moment innezuhalten."

Der größte Geschäftsmann, Pride Of India Herr Ratan Tata, der Stahlarbeiter arbeitet immer noch hart daran, die Erwartungen der Menschen auch in seinen 80ern zu erfüllen.

Achary Prashant, Sir der Adavait-Stiftung, nimmt kontinuierlich an Seminaren, Sitzungen und Videos teil, um die Menschen auf reale Aspekte des Lebens aufmerksam zu machen, ohne sich einen einzigen Tag auszuruhen.

Amitabh Bachchan , ein Bollywood-Star, hat sein ganzes Leben lang immense Arbeit geleistet und ist derzeit auch im Fernsehen aktiv.

Allen Menschen gemeinsam ist, dass sie alle massive Action Taker sind.

Wir wissen, dass unser König in Zeiten verschiedener Arten von Imperien wie Shri Shivaji Raje und anderen Menschen mit größeren Träumen ihr ganzes Leben lang hart gearbeitet und Berge der Inspiration für uns und die kommenden Generationen geschaffen hat.

Beginnen Sie daher, an Plänen zu arbeiten. Lebe deinen Traum jeden Tag und verwirkliche ihn.

Glück schließt harte Arbeit *nicht* aus. Glück ohne harte Arbeit   ist Lethargie.

Eine Person, die "Ich bin glücklich" sagt, wenn ich nicht arbeite, ist der Faulpelz, der sein eigenes Potenzial nicht einschätzt.

Arbeite hart und sei glücklich, sehr energisch zu sein. Arbeiten Sie nicht wie Arbeiter. Wenn wir Arbeiter werden, ohne es mit Glück zu synchronisieren, bekommen wir nie Erfüllung. Die Arbeit will immer mehr. Aber eine harte Arbeit mit einer Vision verwandelt die Person in einen Meilenstein großer Ausdauer und Geduld. Wenn Sie es mit Leidenschaft tun, gibt es Ihnen ein immenses Glück, das über vorübergehende Freuden hinausgeht.

A. P. J. Abdul Kalam hat gesagt:

„Jeden Morgen haben wir zwei Möglichkeiten:

1. Schlafe weiter mit Träumen

2. Wach auf und jage deinen Träumen nach."

Versuchen Sie sich das Gesicht eines Menschen vorzustellen, der seit vielen Tagen durstig ist, durch Hürden reist und endlich Wasser sieht. Welche Art von Freude und Gefühlen wird auf seinem Gesicht sein!!!

HARDWORK CHALLENGES:

1. Aufschieben – Wir verschieben die Arbeit, um Ausreden zu finden. Es kostet Zeit, nichts in die Hand zu nehmen.

2. Zeitweilige Sinnesfreuden – Zeit, die in Freuden verbracht wird, lenkt manchmal den Weg einer fleißigen Person ab. Aber wenn die Auflösung darüber hinaus sehr groß ist, wird sie überhaupt nicht beeinflusst.

3. Smart-Work-Konzept - Wenn Menschen viele Jahre schuften, dann werden nur sie auf die Arbeitsstruktur aufmerksam, wie man es effizient und intelligenter macht. Um intelligent zu arbeiten, ist es wichtig, zuerst harte Arbeit zu leisten.

4. Nur Träumer - Manche Menschen träumen groß, planen richtig, ergreifen aber nicht die notwendigen Maßnahmen, indem sie harte Arbeit leisten. Das nennt man Träumer-Täter-Falle. Wir müssen unseren Geist vom Träumer zum Täter verlagern, um zu sehen, dass etwas Exzellentes im Leben passiert!

5. Immer Spaß liebende faule Menschen : Die Einstellung dieser Menschen wird zu ihrer Barriere beim Erreichen von Zielen.

Wichtige Punkte für harte Arbeit:

1. Leidenschaft und Sinn des Lebens treiben dich den ganzen Weg an. Wählen Sie die richtige!

2. Seien Sie gesund, da es auch viel körperliche Energie erfordert.

3. Lass dich nicht von lokalen Sehenswürdigkeiten verführen.

4. Beschäftigen Sie sich, damit Sie keine Zeit haben, über andere Dinge nachzudenken, sobald Sie mit dem notwendigen Plan und den notwendigen Maßnahmen begonnen haben.

5. Sei mit fleißigen Menschen zusammen, die ein Lebensmotiv haben. Ihr positives Unternehmen wird

Sie motivieren. Meide Menschen, deren Leben nur zum Spaß ist.

6. Bewahre einen enormen Glauben an den Höchsten und an dich selbst.

Affirmationen für den Alltag zum Üben.

1. Ich bin glücklich, also mache ich harte Arbeit.

2. Ich werde weiter marschieren, was auch immer Hindernisse auf dem Weg sein mögen.

3. Ich werde jeden meiner Träume verwirklichen und bin bereit, entsprechend hart zu handeln.

Ich werde beenden, was ich beginne, ohne anzuhalten, ohne müde zu werden, ohne mich um die **Ergebnisse** zu kümmern.

SPIRITUALITÄT- FLÜGEL UM HOCH ZU FLIEGEN

Der Geist ist die Seele '??????'

Die „Spiritualität" ist der Prozess, aus der Dunkelheit der Unwissenheit auf das Licht der Wahrheit zuzugehen. Es ist der Weg, das Leben glücklich zu leben, die Wahrheit zu kennen und die Illusionen loszuwerden. Spirituelles Wohlbefinden ist der bestmögliche Weg, um immer in einem Zustand der Glückseligkeit zu sein, in einem Zustand einer wachsamen Vision von Selbsterkenntnis. Letztendlich ist es die erleuchtende Art, mit Gott, der Wahrheit, der Höchsten Macht eins zu sein.

Wir kümmern uns um unseren physischen Körper, indem wir Nahrung bereitstellen und sie von Zeit zu Zeit reinigen. Aber was ist mit unserer Seele und unserem Geist? Spiritualität gibt die Antwort.

Was die Anpassung der Spiritualität im täglichen Leben bewirkt:

1. Dabei finden wir unsere Seele, unseren Kern und genau die Individualität, die wir haben

2. Wir werden frei von schmerzhaften Erinnerungen an die Vergangenheit

3. Wir kümmern uns nicht um die zukünftigen Probleme. Unser Geist wird stark, um kritische Situationen mit Ruhe zu bewältigen.

4. Wir beginnen, im gegenwärtigen Moment zu leben.

5. Alle unnötigen Gedankenmüll wird entfernt. Giftiges Zeug, das uns schadet, wird eliminiert.

6. Spiritualität ist im Grunde ein Prozess der Negation. Wir lassen das Bedürfnis nach materialistischen Dingen fallen

7. Es verringert den Drang des Geistes und die mentalen Belastungen

8. Der Geist ist geboren, um von äußeren Erfahrungen zu absorbieren. Es wird zum Müll, zur Anhäufung fremder Übergriffe von Gedanken und Erfahrungen. Deformität des Geistes ist Krankheit. Spiritualität hilft uns, einen gesunden Zustand des inneren Selbst zu erreichen. Innere Gesundheit ist nur, alles loszuwerden, was unseren Geist verdirbt, uns innerlich auf einer tieferen Ebene verschmutzt.

Methoden:

1. Meditation – Es ist das Tor zur Spiritualität. Die meisten Menschen meditieren, um geistesbezogene Probleme wie Angstzustände, Stress, Depressionen, Stress und andere psychische Probleme zu lösen. Aber darüber hinaus ist es die Kunst, sich auf sich selbst zu konzentrieren, um wahre Identität zu finden

und die ultimative Energiequelle "GOTT" zu verbinden

2. Hörgebete, Mantras, Rituale

3. Den Gedanken eines spirituellen Gurus folgen, den du sehr respektierst und der weg von der Berufswelt ist und seine Arbeit ohne Erwartungen unpersönlich macht.

4. Wir können einen spirituellen Kurs mit Mentoren machen, um verschiedene Techniken zur Verbesserung der Spiritualität durchzugehen.

5. Selbst – Lernen durch das Lesen verschiedener Bücher über Spiritualität

6. Binaurale Beats hören – Es ist eine Illusion, die vom Gehirn erzeugt wird, wenn Sie zwei Töne mit leicht unterschiedlichen Frequenzen gleichzeitig hören. Der obere Olivenkomplex im Hirnstamm reagiert, wenn er zwei nahe Frequenzen hört, und erzeugt einen binauralen Schlag, der die Gehirnwellen verändert. Diese Synchronisation der neuronalen Aktivitäten im gesamten Gehirn wird als Entrainment bezeichnet. Das Hören von binauralen Schlägen bei 15 Hz verbessert das Gedächtnis und die Genauigkeit. In fünf verschiedenen Gehirnwellen ist Delta der niedrigste Frequenzzustand und ist mit

a. Meditation

b. Tiefschlaf

c. Heilung und Schmerzlinderung

d. Anti-Aging, Cortisol-Reduktion

e. Zugang zum Unbewussten.

Binaurale Beats sind auf YouTube zum Anhören verfügbar.

Um Spiritualität im Leben aufzunehmen, können wir die folgenden Schritte befolgen:

1. Die Konzepte des spirituellen Seins tiefgründig verstehen

2. Kombination aus alten indischen Himalaya- und modernen Meditationstechniken

3. Technische Meditationen zur Heilung des Geistes durch folgende Dinge:

Mantras chanten

a) * * * * * * * * * - **Om So summen –**

Om So Hum, ist einer unserer Favoriten. Es ist einfach und sehr schön, unsere Atmung zu regulieren und unseren Geist zu beruhigen. Dieses Mantra, das nur 5 Minuten lang gesungen wird, kann Kopfschmerzen beseitigen und ein Gefühl der inneren Ruhe vermitteln.

b) -Om ManiPadmeHum - Es ruft ein Gefühl von Mitgefühl und Liebe hervor

c) – Om namhashivay- Es entfernt negative Energien.

D) Gayatri Mantra –

तत् सवितुर्वरेण्यं | भर्गोदेवस्य धीमही ||
धियो यो नः प्रचोदयात् ||
(ऋग्वेद ३, ६२, १०)

Die Bedeutung:

„O göttliche Mutter, unsere Herzen sind voller Finsternis. Bitte entferne diese Dunkelheit von uns und fördere die Erleuchtung in uns."

e)-alle Menschen sollten glücklich bleiben.

1. Abstimmung unserer vom Körper erzeugten Frequenzen auf ein höheres Energieniveau mit Positivität durch Meditation.

2. Starke heilige Aura um sich herum schaffen

3. Schaffung einer mentalen Schutzhülle zur Begrenzung negativer Energien Wir verwandeln uns in spirituelle Krieger

4. 7 Chakra-Heiltechniken

5. Nutzung von Licht und Vibrationen zur mentalen Heilung

6. Kombination der Vorteile der neurolinguistischen Programmierung und des Gesetzes der Anziehungstechniken.

So richten Sie Spiritualität auf die berufliche, praktische Welt und das persönliche Wohlbefinden aus:

In Shrimad Bhagavatgeeta, in Kapitel 6, hat Lord Shrikrushna gesagt:

"अनाश्रित: कर्मफलं कार्यं कर्म करोति य: |
स सन्न्यासी च योगी च न निरग्नीनरं चाक्रीय: ||

Bedeutung:

„Die Person, die ihre Arbeit nicht in Abhängigkeit von ihren Ergebnissen, sondern als Pflichten verrichtet, ist nur Sanyasi (Mönch) und Yogi.

Spiritualität bedeutet daher nicht, vor Verantwortlichkeiten, Pflichten und Bestrebungen wegzulaufen, sondern sich selbst zu entdecken, indem man wirklich hart mit ruhigem Geist arbeitet. Die Kosten, die du zahlst, um die Spiritualität in Bezug auf Schmerz anzupassen, sind nicht viel mehr, als innere Freiheit zu erlangen. Die Aufnahme von Spiritualität im Leben ist der Prozess der Schaffung von Harmonie zwischen der Seele, dem physischen Körper, der Außenwelt und dem Universum.

Fügen Sie den Jahren Leben hinzu, anstatt dem Leben Jahre hinzuzufügen. Wir werden nicht mit Spiritualität alt, sondern wir werden erwachsen. Unglücklich zu sein ist eine Gewohnheit des Geistes. Entscheiden Sie sich für eine Reise in der Sonne mit Mut und Nöten mit Klarheit, anstatt sich von einem Weg voller Blumen anziehen zu lassen.

Aus dem Buch Vedant von Achary Prashant,

" जिस आदमी को ये दिख गया कि, भीतर कि बेचैनी का इलाज बाहर की ओर जोर – आजमाईश करके नही होना है, समझो उसकी आध्यात्मिक यात्रा शुरू हो गयी

MEANING:

Wer sieht, dass die Lösung der inneren Unruhe nicht in der Außenwelt liegt, versteht, dass seine spirituelle Reise begonnen hat!!!

BÜCHER LESEN – EINE ECHTE WAFFE UND EIN WAHRER BEGLEITER FÜRS LEBEN!

Wie der berühmte römische Philosoph und Schriftsteller Marcus Tullius Cicero sagte:

„Ein Raum ohne Bücher ist wie ein Körper ohne Seele."

Gut gesagt! Meine lieben Menschen, die dieses Buch jetzt lesen, ist euch klar? Von Kindheit an haben wir die Gesellschaft von Büchern in verschiedenen Formaten. Von der Schule, dem College und auch in der Berufswelt tragen wir immer wieder viele Bücher bei uns. Aber die Sache, die uns am nächsten ist, damit werden wir so vertraut, dass wir manchmal die Wichtigkeit dieser Sache in unserem Leben vergessen. Es ist nur die geistige Tendenz des Menschen. Es ist heute mit Büchern passiert.

Bücher sind immer unsere treuen Begleiter und lassen uns in keinem Zustand zurück. Bücher leiten uns immer wieder und unterhalten uns. Sie entführen uns in die fast andere Welt der Phantasie, Bilder und Worte. Ich möchte hier wirklich meine Dankbarkeit ausdrücken. Ich könnte im Leben vor allem die Reise erreichen, die ich mit Hilfe von Büchern gemacht habe.

In einem Buch von einigen Seiten hat der Autor seine gesamte Lebenserfahrung geschrieben. Es kann nicht in Geld bewertet werden. In wenigen Stunden lernen wir wichtige Lektionen des Lebens kennen. Können wir dieses Gefühl in Worten ausdrücken? Einige Bücher kommen in dein Leben als Sturm, erschüttern dich total von innen und verwandeln dein Leben, um es besser zu machen. Einige Bücher sind Lieder, reine Literatur, Kunst, die direkt aus dem Blut und Herzen des Autors, Dichters, Lyrikers kommt. Sie geben intensive wunderbare Erfahrung der Welt jenseits der Vorstellungskraft. Einige Bücher sind die Informationsbibliothek in sich. Ein Leben voller Bücher, die lesen, wird so friedlich, eingreifend und begegnet tief dem inneren Selbst!

Wie Bharatratna A. P. J. Abdul Kalam, indischer Luft- und Raumfahrtwissenschaftler, 11. Präsident von Indien sagte,

"Bücher sind meine Lieblingsfreunde, und ich betrachte meine Heimatbibliothek mit vielen tausend Büchern als meinen größten Reichtum."

Bharatratna Dr. Babasaheb Ambedkar, indischer Jurist, Ökonom, Sozialreformer und politischer Führer, Chef des indischen Verfassungskomitees, hatte während seiner Zeit in Rajgruha mehr als 50000 Bücher gesammelt, was es zu einer der größten persönlichen Bibliotheken der Welt zu dieser Zeit im 19. Jahrhundert machte. Er hat geschrieben: "*Findet mich in meinen Büchern, nicht in meinen Statuen...*" Totaler Gruß an dieses tiefe Denken!

Während Sie mit dem Lesen beginnen, können Sie Bücher kaufen. Einige Techniken können verwendet werden, um das Lesen von Büchern schnell mit Konzentration und Greifen zu vervollständigen, so dass Sie immer mehr Bücher lesen.

TECHNIQUES :

1. Geschwindigkeits-Lesetechnik:

SCHRITTE:

1) Bewegen Sie zuerst Ihre Hand auf der vorderen Abdeckung und der hinteren Abdeckung.Versuchen Sie, die Vibrationen zu spüren.

2) Mit einer Fingerspitze Index scrollen.. Sehen Sie sich an, welche Themen Sie lesen sollten

3) Skimming & Scannen - Versuchen Sie in diesem Schritt nicht zu verstehen, was genau in einem Buch steht. Bewegen Sie einfach die Augen schnell auf die Absätze und versuchen Sie, die Conenets vom 1. bis zum letzten Kapitel zu scannen.

4) Gehen Sie in diesem Schritt davon aus, dass Sie es mit dem Notfall sehr eilig haben. Auch wenn Sie dieses Buch beenden, erhalten Sie eine Belohnung und beginnen mit Konzentration zu lesen.

Bitte merken Sie sich auch einige wichtige Wörter, Stichwörter im Bildformat, um eine starke Erinnerung für das Buch zu schaffen.

2. Berechnen Sie Ihre Lesegeschwindigkeit wie folgt:

1. Nehmen Sie eine beliebige Seite eines Buches ohne Bild auf.

2. Timer für 1 Min. starten.

3. Beginnen Sie mit dem Lesen und stoppen Sie, nachdem der Timer angehalten hat

4. Berechnen Sie die Gesamtzahl der Wörter in jeder Zeile

5. Berechnen Sie die Gesamtzahl der gelesenen Zeilen

6. Ihre Lesegeschwindigkeit (Wörter/Minute) ist die Anzahl der Wörter in jeder Zeile * Anzahl der Gesamtzeilen

3. Sie können auch die SIP CAFEE- und Kurzfilmtechnik verwenden, um das Buch im Gedächtnis zu behalten.

Herausforderungen, denen du während des Buchlesens gegenüberstehst:

1. Wir beschließen, Bücher zu lesen, schieben sie aber auf. Das heißt, wir verschieben die eigentliche Aktion immer wieder.

2. Wir nehmen ein Buch, lesen 1 oder 2 Seiten und bewahren es auf, da wir ihm keine Zeit widmen.

3. Handy stört

4. Schlechte Konzentration

5. Regression - Wiederholen Sie immer wieder dieselben Wörter, indem Sie rückwärts gehen und von Grund auf neu lesen.

Indien ist ein Land, das seit der Antike der Ort ist, an dem die älteste Literatur der Welt in Form von Veden, Upnishads, Ramayana, Mahabharat geschaffen wurde, die uns leiten, obwohl Tausende von Jahren vergangen sind. Viele Heilige schufen Literatur in Form von Doha(), Chhand (),die auch ein Medium der sozialen Reformation ist. Die größten Dichter der Ära wie Mahakavi Bhushan schrieben unglaubliche Gedichte mit erstaunlichem Reim auf Chatrapati Shivaji Maharaj, die in Form des Buches "Shivbhushan" erhältlich sind. "Hindi und Sanskrit Schriftsteller, Texter aus vielen regionalen Sprachen haben enorme intellektuelle Literatur für uns Menschen geschaffen. Einige erfolgreiche Menschen haben ihre Autobiografien geschrieben, die uns wie Handbücher zum Lernen sind.

Ich persönlich bin der Meinung, dass es keine Bar geben sollte, um ein Buch aus einer beliebigen Sprache zu lesen. Wenn wir von indischen Autoren, internationalen Autorenbüchern ausgehen, sollten wir auch lesen. Dies wird den Kompass unserer Gedanken auf ein höheres Niveau heben. Insbesondere Scheiternsgeschichten geben mehr Motivation als Erfolg, leiten uns mit dem, was nicht getan werden sollte. Wir wählen insbesondere, um Träume zu jagen, gezielt Bücher aus, die dein Denken herausfordern, Verwirrung in deinem Kopf schaffen, dich erschrecken, deinen Denkprozess tiefgreifend verändern, du wirst diese Bücher nicht beiseite halten können.

Was für eine schöne Welt das ist! Tauchen Sie tief ein. Viel Spaß beim Lesen!!!

DANKBARKEIT – DIE WAFFE, UM WÜRDIG ZU WERDEN!

Dankbarkeit bedeutet, im Zustand der Dankbarkeit zu sein. Es ist eine Erkenntnis, mehr als unsere Berechtigung zu besitzen. Dankbarkeit auszudrücken ist nicht nur wichtig, wenn das Leben schnell voranschreitet, sondern auch in schwierigen Situationen, in denen es auch als Hoffnung dienen kann! Dankbarkeit ist auch, wenn wir es nicht zulassen, bestimmte Dinge wie Ego, Arroganz voranzutreiben. Wir werden bescheidener, geerdet in einem Prozess, Dankbarkeit auszudrücken und zu fühlen. Unser Herz wird hier leichter und stressfreier. Wir vergeben den Personen und Situationen, die uns unerträgliche Schmerzen bereiten. Wir vergessen die Auswirkungen der Vergangenheit und werden von ihrer Last befreit. Im Zustand der Dankbarkeit laufen wir nicht in einem Rattenrennen der Überlegenheit. Wir hören auf, uns über die Dinge zu beschweren, die uns nicht gehören, und schätzen all die Dinge, die wir haben. Wir werden bedingungsloser und leisten unseren Beitrag durch harte Arbeit und manifestieren Empathie und Freundlichkeit.

Dankbarkeitsreise [ATKM 1.0]:

* Sei dankbar für den physischen Körper, den du

durch deine Geburt bekommen hast. Alles, was Sie in einer praktischen Welt tun, Körper ist sein "großes Medium. Wenn es nicht in gesundem Zustand ist, wie können wir unsere Ziele erreichen, unsere Träume genießen?

* Sei dem Höchsten dankbar, GOTT, der alles erschaffen hat. Jedes Atom dieser Erde, so komplex, funktioniert immer noch so reibungslos

* Sei deinen inspirierenden, motivierenden Idolen dankbar, deren Leben ein großartiges Beispiel dafür ist, wie das Leben gelebt wird! Du verneigst dich immer vor der Höhe ihrer Persönlichkeit und berücksichtigst dabei die Werte, die sie setzen und die unsterblich sind!

* Sei der Natur dankbar, die alle notwendigen Dinge zum Leben bereitstellt. Jedes Stück Natur besteht aus Energie und Schönheit, die einfach nicht in Worten ausgedrückt werden kann. Es ist die Unterstützung und Mutter für jedes Geschöpf auf dieser Erde.

* Sei dankbar für Misserfolge, von denen du viel gelernt hast und die dich am Boden gehalten haben. Sie werfen dich in ein Tal der Traurigkeit, der Einsamkeit, der Depressionen und geben dir die Möglichkeit, mit mehr Kraft und Fähigkeit nachzudenken, neu zu verkabeln und wieder ins Leben zu springen.

* Sei dankbar für die negativen Aussagen und Kritik, die an dich weitergegeben wurden, für jede Anstrengung der Außenwelt, dein Selbstwertgefühl zu

erreichen, und im Laufe der Zeit hast du das als Herausforderung genommen und bewiesen, dass sie nicht würdiger und geschickter waren.

* Sei dem Universum dankbar, das von der Geburt bis zum Tod, vielleicht auch später, immer bei dir ist. Es stimmt und schwingt jedes winzige Teilchen mit seiner großen Energie, die ein Beispiel für Grenzenlosigkeit ist.

* Sei den Gurus deines Lebens dankbar, die dich ohne Erwartungen so geschaffen haben, wie du bist!!!

* Seien Sie auch professionellen Mentoren dankbar, sie haben Ihnen die Schritte und Möglichkeiten gegeben, bei Bedarf voranzukommen.

* Sei dankbar für deinen mutigen, furchtlosen, handlungsorientierten Geist, der dir hilft, jeden Traum in die Realität umzusetzen.

* Sei dankbar für deinen Beruf, der dir Geld, Prestige und Ziele gibt, um voranzukommen, indem du Verantwortung für die Familie übernimmst.

* Sei deinem Vater und deiner Mutter dankbar, die dich in vielen Hürden großgezogen haben, damit du Vorrang hast. Sie werden zum Regenschirm im feuernden Sonnenlicht, bei starkem Regen und zum Mantel im fröstelnden Winter. Sie gaben dir eine Grundausbildung, um zu verdienen, um dich unabhängig zu machen, und schütteten dir auch moralische Werte in den Kopf.

* Seien Sie dankbar für Menschen, die da sind, um Ihnen in niedrigen Situationen zu helfen, loben Sie Ihre Leistungen und kritisieren Sie, wenn Sie Fehler machen.

* Sei deiner Familie dankbar, Verwandten, die dein Glück und deine Sorgen teilen, geben dir ein sicheres und angenehmes Gefühl, in der Gesellschaft zu leben.

* Sei deiner Nation dankbar, die dir Identität, Rechte als Bürger gibt und ein Umfeld für ganzheitliches Wachstum schafft

* Sei den Landwirten unserer Nation dankbar, für die wir täglich Nahrung benötigen. Ihre Bemühungen, sich den unsicheren Bedingungen der Natur zu stellen und immer noch stark zu sein, sind unbeschreiblich.

Sei unserer Armee und Marine-Luftwaffe dankbar, dank derer wir unser Leben sicher leben.

Techniken:

1. Sanskrit-Mantras, um ein dankbares Herz zu erwecken (Referenz blog.sivanaspirit.com)

"Mantra" bedeutet "eine heilige Äußerung, ein numinöser Klang oder eine Silbe, ein Wort, Phoneme oder eine Gruppe von Wörtern, von denen einige glauben, dass sie psychologische und spirituelle Kraft haben."

A) Dhanya Vad: Ich fühle Dankbarkeit

B) Kritajna Hum: Ich bin Dankbarkeit

C) Karuna Hum: Ich bin Mitgefühl

D) Prani Dhana : Meine Individualität dehnt sich zur Universalität aus

E) Ananda Hum: Ich bin Glückseligkeit

F) Namste: Ich erkenne meine wahre Essenz in jeder Seele, der ich begegne

G) Samprati Hum: Der gegenwärtige Moment ist mein wahres Selbst

2. Technik aus ATKM 1.0 Um Dankbarkeit auszudrücken:

1. Wachen Sie früh am Morgen in brahmamuhurt(48 Minuten) auf. (Zeit, die 1 Stunde 36 Minuten vor Sonnenaufgang beginnt und 48 Minuten vor Sonnenaufgang endet) (Referenz en.m.wikipedia.org)

2. Zünde die kleine Lampe vor Gott an.

3. Sitzen oder stehen Sie vor Gott, indem Sie sich die Hände reichen.

4. Chante 3 mal 'Om'

5. Schließe deine Augen.

6. Atme 3-mal tief ein und aus

7. Stellen Sie sich vor, Sie stehen auf dem Gipfel eines Berges, indem Sie sich die Hände reichen.

8. Stell dir vor, Gott, deine Götzen, Gurus, alle stehen über der Höhe deines Kopfes. Sie sind sehr

groß in der Figur, größer bis zu der Höhe, bis zu der man sie sehen kann.

9. Jetzt verbeuge dich, indem du deine Hände zu diesen höchsten Energien ausbreitest, und sage, dass ich euch allen meinen Supremes von ganzem Herzen danke, dass ihr mich für das Leben, das ich habe, segnet. Ich werde dich niemals entehren. Bitte sei bei mir. Ahm twam namami

kŋe X˙ 7e7 e ||

10. Stell dir vor, dieser weiße Lichtstrahl kommt von dieser Energie zu deinem Kopf, segnet dich und dringt langsam in deinen ganzen Körper ein. Stell dir vor, dass du jetzt kein physischer Körper bist, sondern die auftauchende Seele des weißen Lichts.

11. Kehre langsam zum Bewusstsein zurück und öffne deine Augen. Beobachten Sie das Gefühl

3. Führen Sie ein Tagebuch und schreiben Sie jeden Tag 5 Dinge darüber auf, wofür Sie dankbar sind.

Beginnen Sie jeden Satz mit „Heute bin ich dankbar für…….". Mach diese Herausforderung 66 Tage lang.

Sie werden sicherlich die Veränderung sehen. Die ersten 22 Tage, um alte Muster zu entfernen, die nächsten 22 Tage, um neue Glaubensmuster zu installieren, und die verbleibenden 22 Tage, um all dies zu integrieren.

(Referenz: Mentor für neurolinguistische Programmierung – Yogendra Singh Rathod Sir)

"दिक्कालाझनवच्छीन्नानन्तचिन्मात्रमूर्तये |
स्वानुभूत्यैकसाराय नमः शांताय तेजसे || "

Bedeutung:

„Wer nicht an Ort und Zeit gebunden ist, wer kein Ende hat, dessen Wesen die Selbsterfahrung ist, zu dem bete ich in Form von Frieden und Licht."

EINSATZ VON TECHNOLOGIE ALS STARKE WAFFE

Als im 18. bis 19. Jahrhundert auf der ganzen Welt Erfindungen in großem Umfang gemacht wurden, änderte sich das tägliche Leben des Menschen drastisch. Kommunikationsmittel standen an der Spitze dieser aufblitzenden Transformation . Gegenwärtig können wir uns unsere Welt ohne Mobiltelefone nicht vorstellen. Da jede Münze zwei Seiten hat, kann jede Technologie ein Segen oder ein Fluch sein. Es hängt davon ab, wie wir es nutzen, in die richtige Richtung effektiv oder für den Unterhaltungszweck, der nur wichtige Lebenszeit verdirbt...

Das Internet bietet:

1] Google: Unsere Googlebaba liefert uns Informationen auf einen Klick innerhalb von Sekunden. Wenn wir also ein Konzept wissen wollen, gibt es eine detaillierte Beschreibung.

2] YOUTUBE:

1. Hier stehen Informationen im Audio- und Videoformat zur Verfügung. Wenn wir auch andere Arbeiten erledigen, können wir weiterhin YouTube-Videos anhören. Das erweitert unser Wissen wirklich.

2. Wir können es auch zum Hören von Musik oder zum Erlernen neuer Fähigkeiten verwenden. Es kann auch eine Quelle des Lernens und der Unterhaltung sein. Wir können nicht physisch an unserem Guru-Vortrag teilnehmen, aber ihre Meinungen und Lehren stehen uns immer in Form von Videos zur Verfügung und wir greifen darauf zu, wann immer wir Zeit haben. So werden Zeitbeschränkungen und die Notwendigkeit, physisch anwesend zu sein, wenn sie zu weit sind, beseitigt. Dies gibt Flexibilität bei der Work-Learning-Balance. Die große Informationstür öffnet sich für uns, indem wir einfach Schlüsselwörter eingeben. Wir können uns Motivationsvideos und harte Arbeit hinter den Erfolgsgeschichten anhören. Von hier aus können wir leicht auf die Welt der Kunst zugreifen.

3. Anwendungen : Die Schnittstelle verschiedener Anwendungen bietet uns Werkzeuge, um alles zu erstellen, was wir in Form von Softcopy benötigen. Dies verbessert unsere Arbeitsqualität. (a)Zum Beispiel enthält die Canva-Anwendung Tausende von

Vorlagen, um jede Art von Dokument, Video und Bildern mit mehreren Effekten zu erstellen. (b)Plattformen wie Zoom geben uns die Möglichkeit, Live-Meetings durchzuführen. Dies hilft uns, uns professionell mit einer großen Anzahl von Personengruppen zu koordinieren. Wir können direkt Wissen von unseren Mentoren gewinnen und zu jedem Thema diskutieren.

4. Facebook – Es verbindet und schafft eine große Gemeinschaft gleicher Interessen, Familien auf der ganzen Welt. Es bietet viele Möglichkeiten, mit Menschen zu interagieren.

5. Twitter – Hier können wir unsere Meinungen teilen, Aktionen, die von Tausenden von interessierten Menschen verfolgt werden

6. Instagram- Jeder Kontoinhaber auf Instagram postet ständig über seine Lebensaktivitäten und bevorstehende Ereignisse. Er oder sie präsentiert auch seine Gefühlswelt.

7. Linkedin – Diese Website verwaltet Ihre berufliche Identität und schafft ein größeres berufliches Netzwerk. Sie können damit den richtigen Job finden und die Fähigkeiten erlernen, die erforderlich sind, um im Leben erfolgreich zu sein.

8. Whatsup – Heutzutage erfolgt mehr als 90 % der Kommunikation über whatsup. Dateien, Dokumente, Bilder, Videos werden über whatsup geteilt. Viele Büros nutzen es professionell für die Koordination zwischen verschiedenen Abteilungen.

8. Ott Plattformen - Over the Top Ott ist ein Mittel zur Bereitstellung von Fernseh- und Filminhalten über das Internet auf Anfrage, abhängig von den Anforderungen des einzelnen Benutzers. Dies eröffnet eine große Welt der Unterhaltung und Kunst.

9. ChatGPT - Dies ist ein generatives Tool für künstliche Intelligenz (KI). Es ist eine der am schnellsten wachsenden Anwendungen in der jüngeren Geschichte und sammelt 1 Million Benutzer in 5 Tagen. Einer der Gründe für chatGPT, die menschliche Sprache zu replizieren. Es wird zum Schreiben von Blogs, zum Programmieren von Codes, zum Komponieren von Songs und vielem mehr verwendet.

Bedenken im Zusammenhang mit der Technologie:

1. Erzeugt Störungen im Leben eines Menschen.

2. Es schafft Unruhe und nimmt Erfüllung von jeder Arbeit

3. Social-Media-Plattform schafft Sucht. Wenn wir keinen Zugang zum Internet und zu sozialen Plattformen haben, werden wir unruhig.

4. Maschinen können nicht kreativ sein. Sie können sich nur wiederholen.

5. KI hat auch Grenzen.

6. Internetlösungen hängen vollständig von den Daten ab, die wir einspeisen. Es besteht also die

Gefahr eines Datenschutzdiebstahls. Persönliche und berufliche Privatsphäre ist jetzt das Hauptanliegen. Maschinen und Technologie schließen menschliche Bedürfnisse aus, die eine virtuelle Welt um uns herum schaffen. Es zeigt selten die reale Gefühlswelt. Jeder steht im Wettbewerb, um sein Leben besser zu zeigen als andere.

7. Maschinen können nicht verstehen, Empathie oder Liebe zeigen. Technologie kann nicht kreativ sein.

Zum Beispiel. Die Maschine kann Bücher in mehr als 150 Sprachen konvertieren, kann aber nicht die Essenz dieses Buches vermitteln. Nur der menschliche Geist kann analysieren und fühlen.

Keypoints:

1. Nutze Technologie, um Techniken besser zu machen, aber lerne weiter und trainiere dich selbst durch Bücher.

2. Seien Sie sich immer bewusst, dass alle sozialen Medien zu 20 % real + zu 80 % virtuell sind. Bitte sehen Sie die Dinge dahinter, die vor Ihren Augen dargestellt werden.

3. Daten oder Informationen, die wir erhalten, sind nicht immer authentisch. Beobachten und analysieren Sie also.

4. Bei richtiger Anwendung liefert die Technologie enorme Ergebnisse.

5. Haben Sie Klarheit darüber, zu welchem genauen Zweck Sie auf Technologie zugreifen.

6. Engagieren Sie sich mit Freunden im wirklichen Leben , treffen Sie inspirierende Personen im Leben über die virtuelle Welt auf sozialen Plattformen.

7. Werden Sie nicht zum Sklaven der Technologie, meistern Sie sie!

Technologie ist das Feuer, das dein Haus anzünden, Essen für dich kochen und bei unsachgemäßer Verwendung auch die Stadt völlig verbrennen kann.

GELD ALS VERMÖGENSWERT & WAFFE

Jeder hat das Bedürfnis, an finanziellen Aspekten des Lebens zu arbeiten. Das Konzept des Geldes ändert sich von Jahrhundert zu Jahrhundert. Es ist nur ein Papier vom Aussehen her, aber es hat in der Tat einen großen Wert!

Geschichte:

Anfangs in der Antike,

a. Das Tauschhandelssystem war da. In diesem wurden Körner und Dinge, die von einem produziert wurden, miteinander ausgetauscht und so fand Handel statt. Es hat eine indirekte Bedingung, dass die Produkte komplementär zueinander sein sollten. Es gab Schlupflöcher, die mein und Ihr Produkt zusammenfallen mussten. Es war schwierig, den Wert der Dinge im Handel zu messen und sie mit anderen Dingen anderer Art zu vergleichen. Das Problem des wahrgenommenen Werts war da.

b. Gold-, Silber- und Kupfermünzen wurden als Handelswert eingeführt. Es gab Transportprobleme, wenn es sich um einen größeren Handel handelte.

c. Hundi /Schuldscheinzentren entwickelt. Die Vereinbarung wurde verwendet, um in Bezug auf Gold, Silber zu handeln. Der Vertrag hatte einen spezifischen materiellen Wert. Trust wurde mit Schuldscheinen in Verbindung gebracht, die die Form von Schuldscheinen hatten.

Geld ist also einfache Werteinheit(Trust), Wertmessung

Die Rolle des Geldes in der menschlichen Gesellschaft ist als Integrator, Kollaborateur, menschlicher Verstärker, Beschleuniger der Zusammenarbeit

Zum Beispiel Pizzalieferung. Der Landwirt produziert Getreide. An einer anderen Stelle wird der Boden aus Getreide hergestellt. Es wird zu den Pizzaherstellern transportiert. Dort wird Pizza gemacht. Es wird zum Kundenstandort transportiert.

Und all dies geschieht aufgrund von Geld, das Bestrebungen gewinnt. Geld ist also Kollaborateur.

Aber es ist der Mittelwert, nicht der Endwert, zum Beispiel das Nehmen eines Autos, das Nehmen von Markensachen. Wir verwenden Geld, um etwas anderes zu erreichen, z. B. Sicherheit, Posten, Bedeutung, Macht, Komfort, Status.

Unterschiedliche Leute haben unterschiedliche Ansichten für Geld

Was prägt den Geldplan?

1. Kinderprogrammierung: Überzeugungen und Umwelt

2. Persönliche Erfahrungen

3. Filme und Fernsehen

4. massenkultur

5. Bedürfnisse nach jedem einzelnen Geist

Geldsperren:

Empfänger-Hüter-Geber-Ende: Die Erleichterung in diesem Fluss schafft finanzielle Fülle und Schwierigkeiten in jeder Phase schaffen Blockaden.

Sparen ist nicht der ultimative Weg. Investiere Geld. Änderungspsychologie Geld auf dem Konto ändern.

Sein einziger Gemütszustand

Ergebnisse von Geldsperren:

1. Sie können die gewünschte Ausbildung nicht absolvieren, obwohl Sie ein großer Lernender sind.

2. Sie können die Natur nicht besuchen und reisen, obwohl Sie Naturliebhaber sind, da für die Ausgaben auch ein gewisser Geldbetrag erforderlich ist

3. Du kannst deiner Familie nicht die Chancen geben, die sie im Leben verdient

4. Sie sind nicht in der Lage, viel Geld auszugeben, wenn Ihr Geschlossener mit einer schweren Krankheit im Bett liegt.

5. Stress entsteht, wenn Sie nicht in der Lage sind, Ausgaben und Einnahmen auszugleichen.

6. Stress wird zur Belastung und du überschattest die anderen wichtigen Aspekte des Lebens.

7. Die meiste Zeit des menschlichen Lebens vergeht damit, Geld zu verdienen, und wir vermissen die wichtigen wertvollen Momente.

Geldmanifestation im Leben:

1. Lerne neue Fähigkeiten und sei einzigartig

2. Vermeiden Sie unnötige Dinge

3. Vermeiden Sie es, negative Aussagen über Geld zu machen.

4. Bewegen Sie sich lieber mit Ihrer Leidenschaft als mit Ihrem Beruf. Menschen, die viel Geld verdienen, haben mehrere Einkommen und Investitionen.

5. Bevor Sie in Immobilien investieren, investieren Sie zunächst in sich selbst.

Affirmationen:

1. Ich bin völlig in der Lage, mit dem derzeit verfügbaren Geld Wohlstand zu schaffen.

2. Anstatt hinter dem Geld herzulaufen, werde ich den automatischen Geldfluss schaffen, der von meinen Fähigkeiten angezogen wird.

Technik:

Die Techniken der Theorie des Gesetzes der Anziehung können verwendet werden, um den Geist auf finanzielle Fülle abzustimmen. Denken Sie daran, dass alle Techniken einen bestimmten Zeitraum benötigen. Es ist keine magische Pille für schnelle Ergebnisse.

Mantra:

ओम श्रींहीं श्री कमले कमलालये प्रसीद प्रसीद |
श्रीं हीं श्री ओम महलक्ष्मी नमः ||
बीजमंत्र : ओम हीं श्री लक्ष्मीभ्यो नमः ||

Lassen Sie uns mit dem Geld als Medium in Resonanz gehen, um etwas Schönes zu erreichen. Es wird dann als stärkste Waffe gedeihen, aber lasst uns nicht als Lebenszweck manifestieren.

STARKE BEZIEHUNGEN – SCHATZ UND WAFFE FÜR EIN GLÜCKLICHES LEBEN

Sudha Murty, ein indischer Pädagoge, ein berühmter Autor sagt –

„Gute Beziehungen, Mitgefühl und Seelenfrieden sind viel wichtiger als Erfolge, Auszeichnungen, Abschlüsse oder Geld."

Es gibt 2 Arten von Beziehungen:

1. Die wir von Geburt an an uns gebunden haben: Eltern, Familie, Kinder

2. Die im Wachstumsprozess wissentlich aufgebaut werden: Freunde, Kollegen, Mentoren, Gurus

3. Beziehung unseres Geistes mit der ultimativen Antriebskraft des Universums, "Gott".

4. Beziehung zum Selbst, Kern des Geistes.

5. Beziehung zur Natur und Umgebung.

Fragen, die man sich stellen sollte, um jede Beziehung im Griff zu haben:

1) Ist dies eine formelle / informelle Beziehung? Was ist meine genaue Rolle in dieser Beziehung?

2) Erhebt Sie diese Beziehung als Mensch? Machen Sie Fortschritte in Bezug auf die Reife? Führt Sie diese Beziehung zu ganzheitlichem Wachstum?

3) Wenn Sie Ihre Ansichten, Meinungen ohne zu zögern oder Angst mit der anderen Person in Bezug auf ausdrücken oder diskutieren können?

4) Wenn Sie mehr Fokus, Klarheit und Reife in dieser Beziehung wünschen, an welchen Dingen sollte genau gearbeitet werden?

5) Wird die Zeit, in die Sie investieren, von einer anderen Person geschätzt? Oder ist etwas anderes würdiger als es ?

Wir können uns unser einsames Leben nicht ohne unsere informellen Beziehungen zu geschlossenen und auch formellen und beruflichen Beziehungen vorstellen, da das Grundbedürfnis des menschlichen Geistes das „Teilen" ist. Wir möchten unser Glück, unsere Sorgen, unsere wertvollen Momente, die Situationen, die uns mit geliebten Menschen und Wissen, Fachwissen, Vorschlägen, Meinungen, Arbeitszielen bremsen, mit professionellen Kollegen teilen. Darüber hinaus sprechen wir mit unbekannten Personen auch so komfortabel im Alltag.

Unter allen oben genannten Bedingungen versuchen wir, gesunde Verbindungen aufrechtzuerhalten und erwarten von dieser Beziehung Vergnügen jeglicher Art.

Das Lösen des obigen Fragebogens gibt Ihnen mehr Klarheit über die Beziehungen jeglicher Art zu jeder anderen Person. Je mehr Ja in eine Beziehung für richtige Dinge und Nein für falsche Dinge involviert ist, desto stärker ist diese Beziehung! Selbsterkenntnis kann nicht geschehen, ohne diese Assoziationen als dritte Person zu sehen. Bitte achten Sie darauf, was das Unternehmen dieser bestimmten Person mit Ihnen macht. Wenn es sich um eine Toxizität handelt oder Sie sich unwohl fühlen, überlegen Sie es sich noch einmal!!!

Einige Beziehungen werden als Körper identifiziert. Sie hängen davon ab, wie die Person von außen aussieht, anstatt zu versuchen, ihre internen Denkprozessfaktoren zu kennen. Es hat einen starken Geschmack von oberflächlicher Anhaftung. Wir sollten uns dann bewusst sein, ob eine andere Beziehung uns ausbeutet oder nicht.

Hindernisse, die bei der Schaffung und Aufrechterhaltung guter gesunder Beziehungen eine Rolle spielen:

1. Wie gesagt, Geld ist das, was die Menschen selten eint und meist trennt.

2. Menschen bauen Mauern statt Brücken in Beziehungen

3. Die Person auf der einen Seite der Beziehung versucht, die Person auf der anderen Seite zu

dominieren, indem sie ihm seine Ansichten und Entscheidungen aufzwingt.

4. Wenn eine Person völlig von einer anderen Person abhängig ist, ignoriert derjenige, der versucht, andere zu versklaven, seine Individualität.

5. Über erwartungen und distress auftretende wenn diese Erwartungen nicht erfüllt werden.

Umgebung, Kultur von Familie und Gesellschaft

Wichtige Punkte zum Nachdenken:

1. Jeder Mensch ist einzigartig und besitzt seine eigene Identität. Respektiere es.

2. Je mehr Freiheit Sie einer anderen Person geben, desto stärker ist die Beziehung zu einem einfachen Gedankenfluss.

3. Sie können immer noch die richtigen Erwartungen von einer anderen Person erwarten. Aber gehe nicht davon aus, dass er oder sie deine Gefühle nur verstehen wird, wenn du dich selbst ansiehst. Bitte vermitteln Sie Ihre Erwartungen und Ihr Gefühl zur richtigen Zeit.

4. Bauen Sie informelle Beziehungen für das Leben auf - Zeit, um das Gleichgewicht der Kommunikation und gleiche Anstrengungen von jeder Seite aufrechtzuerhalten. Aber alles sollte organisch ablaufen. Wenn Künstlichkeit in eine informelle Beziehung verwickelt wird, wird sie formal.

5. Sei in einem Zustand der Dankbarkeit für jede gute Beziehung.

6. Minimieren Sie das Gefühl der Eifersucht, da es unnötige Vergleiche und Rennen schafft, da die Natur, die Umgebung, die Hindernisse, die Bestrebungen und die Ressourcen jedes Menschen unterschiedlich sind. Ein wenig Eifersucht auf erfolgreiche Menschen kann Trägheit und Lernfundament schaffen.

7. Vermeiden oder minimieren Sie die Zeit, die Sie den toxischen Beziehungen geben, was wiederum Unbehagen und Stress verursachen kann.

8. Sei nicht Teil der Schuldentheorie. Gib nicht anderen die Schuld für deine Misserfolge, Enttäuschungen und Hürden. Alles gehört dir. Erfolg und Misserfolg auch! Bitte machen Sie andere dafür nicht zum Opfer.

9. Geben Sie jeder Beziehung, die Sie für wertvoll halten, hochwertige Kommunikationszeit. Halten Sie sich in diesem Zeitraum insbesondere von Social Media fern.

10. Seien Sie ein guter Zuhörer. Lass andere ihr/sein Herz vor dir öffnen und sich sicher fühlen.

11. Bewahren Sie das Vertrauen, keine geheimen Dinge mit anderen Menschen zu teilen, die Ihnen gesagt werden und wichtig sind. Die Verbreitung in der Welt kann schädliche Auswirkungen auf sein/ihr Leben haben.

12. Du kannst kein Geld oder nur deine Arroganz mitnehmen, wenn du diese Welt verlässt. Geld ist jedoch eine wichtige Unterstützung des Lebens, aber nicht größer als Menschen und Beziehungen. Sie können das Leben genießen, indem Sie gute, atmungsaktive, gesunde Beziehungen aufbauen.

13. Vergebung: Wenn du anderen für ihren wissentlich, unwissentlich begangenen Fehler vergibst, fühlst du tatsächlich, dass Licht und Stress für uns selbst minimiert werden, und schließlich, wenn die Person für dich wertvoll ist, kannst du dies tun, um diese wertvolle Beziehung für immer im Leben zu haben. Beseitigen Sie den Teil der Fehler, schließen Sie nicht die Person aus dem Leben aus, die zuvor viel für Sie getan hat!!!

Technische Lösungen:

1. Neurolinguistisches Programmieren NLP bietet die Methode, um Prioritäten von Ihnen und anderen nahen Personen zu finden, auf deren Grundlage Sie Resonanz mit Partnern schaffen können, die seine/ihre und Ihre Prioritäten kombinieren. Es heißt PIP-Identifizierung (vorinstalliertes Programm) in einer anderen Person. Es handelt sich um Fragebögen, deren Beantwortung Sie kennen, was Ihre Prioritäten und die Prioritäten Ihrer geschlossenen Person sind. Abhängig davon können Sie die Perspektive ändern, um diese Beziehung zu betrachten. Auch die VAK-Analyse (Visual, Audio,

Kinesthetic) gibt Klarheit darüber, welche Person Sie sind.

2. Affirmationen:

A) Ich werde eine aufgeschlossene Person sein und auch anderen Personen Individualität verleihen.

B) Ich weiß, dass gute, gesunde Beziehungen wichtiger sind als Geld. Ich werde es schätzen.

3. Seien Sie Teil dieser Gemeinschaft in den sozialen Medien, die das gleiche Denken und den gleichen Lebenszweck haben. Dies wird Ihr Bedürfnis nach sozialer Verbindung befriedigen.

Lassen Sie die Beziehungen Ihre stärkere Unterstützung sein und legen Sie sich bei Bedarf manchmal auf den Kopf. Ohne die Analyse der Assoziationen, die Sie mit allen haben, können Sie keine Selbsterkenntnis und keinen Fortschritt haben. Geben Sie Freiheit, nehmen Sie Freiheit und kooperieren Sie mit anderen, indem Sie ein Beispiel für Motivation werden. Möge „der Himmel gesunder Beziehungen ein ganzheitliches Wachstum jedes Einzelnen erreichen und eine Bereicherung und Waffe sein!"

GESUNDER GESUNDHEITSZUSTAND GESUNDER GEIST – DAS GRÖSSTE & WESENTLICHE

DIE Gesunden haben einen stärkeren Geist. Sie stellen sich den Schwierigkeiten im Leben stärker. Hier möchte ich mich auf die körperliche und geistige Gesundheit konzentrieren.

" मनोजवं मारुततुल्य वेगं जितेन्द्रियं बुद्धिमताम् वरीष्ठम् |

वातात्मजं वानरयुथमुख्यं श्रीरामदुतम् शरणं प्रपद्ये ||
"

Bedeutung: Ich übergebe mich dem Sohn des Windes, Lord Hanuman, der ein Symbol für die Vitalität des Geistes, die Windgeschwindigkeit, den Intellekt, die Kontrolle über fünf Sinne ist……..

Wir verehren Lord Hanumaan als Symbol für große Gesundheit und starken Geist, derals""bezeichnet wird.

Alles, was wir in der Außenwelt schaffen, wird durch gute Gesundheit und Geist erreicht.

Was kann dann Gesundheit für einen sein –

1. Wenn eine Person in der Lage ist, ihre körperliche Energie als Ressource für ein bestmögliches Leben zu nutzen.

2. Wenn eine Person nicht medizinisch behandelt wird oder manchmal medizinisch behandelt werden muss, unterstützen ihn sein physischer Körper und sein Geist dabei, sich schnell zu erholen.

3. Der Alltagsmensch wacht sehr frisch auf und spürt auf natürliche Weise viel Energie.

4. Eine Person ist nicht süchtig nach schädlichen Dingen für den Körper.

5. Eine Person versteht den Wert von Essen und isst es freudig.

6. Auf mentaler Ebene: Deine Emotionen, deine fünf Sinnesorgane Ohr, Augen, Nase, Haut, Zunge sind unter deiner Kontrolle. Du bist weg von sofortiger Befriedigung, Vergnügungspunkten. Niemand ist in der Lage, dich für falsche Absichten auszulösen, und du folgst dem Zweck des Lebens, indem du körperliche harte Arbeit und geistige Weisheit kombinierst.

Techniken zur Verbesserung der körperlichen und geistigen Gesundheit Amalgamierung :

1. Achtsame Essensmeditation:

A) Wenn wir elektronische Gazetten wie Fernseher verwenden, wirkt sich unser Kauen und unsere Verdauung auf das Handy aus. Es funktioniert nicht richtig.

B) Beginnen Sie mit der Anwendung dieser Technik für jeweils 1 Abendessen oder Mahlzeit an einem Tag. Nach 7 Tagen sowohl beim Essen als auch beim Abendessen anwenden.

C) Achtsame Essmeditation selbst erklärt, dass Sie andere Ablenkungen vermeiden müssen, während Sie essen und sich nur auf die Nahrungsaufnahme konzentrieren.

D) Versuchen Sie, wenn möglich im Sukhasan (Sukhasan) zu essen, indem Sie Ihre Beine auf den Boden oder die Matte legen.

E) Beobachten Sie Ihre eigene Aktivität beim Essen.

F) Versuchen Sie, eine geringere Menge auf einmal einzunehmen und genießen Sie den Kau- und Essprozess.

G) Versuchen Sie, sich gesund und weniger ölig zu ernähren und folgen Sie der traditionellen indischen Küche und Esskultur.

H) Minimieren Sie Zucker, Salz in der Aufnahme.

2. Gehen Sie 3 km pro Tag unter Morgensonnenstrahlen.

3. Tanze mindestens 10 Minuten täglich, egal ob du tanzt oder nicht..ha ha ha! Bewegter Körper bei Musik entspannt auch Muskeln und Geist!!!

4. Machen Sie einmal im Monat einen Solo-Naturspaziergang, um die Schönheit und Schönheit der Natur zu sehen, an die frische Luft zu kommen und sich mit sich selbst zu verbinden

5. Meditiere jeden Tag 15 Minuten lang.

6. Planen Sie einen Tag…Es wird Sie dann nicht unruhig, eilig oder körperlich ermüdend machen.

7. Schlafen Sie mindestens 4,30 Stunden oder mindestens 6 Stunden. Vermeiden Sie die Verwendung von elektronischen Gazetten, Bildschirm vor 1 Stunde Schlaf. Lies stattdessen gute Bücher mit ruhigem Geist. Unser Gehirn braucht Zeit für Heilung, Datensortierung, Anordnung, Bewältigung von Gedanken. Wenn der Schlaf nicht richtig ist, entwickeln wir Unruhe, Müdigkeit. Schlafen Sie also richtig. Die Beherrschung des Schlafes ist die Voraussetzung für ein besseres Leben.

8) Schutz ist besser als Pflege. Alle unsere Gewohnheiten haben kumulative Auswirkungen auf Körper und Geist. Die Entscheidung liegt also bei uns.

9) Obwohl ein komfortables und luxuriöses Leben wichtig ist, sollten Sie es nicht zu einem Ende bringen. Bitte lauf nicht hinter materialistischen Dingen her und bemühe dich nur, die äußere

physische Erscheinung zu glänzen. Entwickeln Sie sich eher von innen heraus.

10) Sozialer Beitrag gibt das Gefühl der Erfüllung, die einen ruhigen Geist schafft.

Affirmationen:

Gott hat mir einen sehr gesunden Körper und einen starken Geist gegeben. Ich werde es als Ressource nutzen, um harte Arbeit zu leisten und den Sinn des Lebens von ganzem Herzen zu erfüllen.

Ich werde mir jeden Tag vor Augen halten, dass ich ein kleines Teilchen dieses unbegrenzten riesigen Universums bin, ich werde meine Energie darauf abstimmen und Dankbarkeit für alles empfinden, was ich habe!

Ich werde niemanden dazu bringen, sich minderwertig zu fühlen, je nachdem, wie es äußerlich aussieht, und auch nicht, dass er sich innerlich minderwertig fühlt.

• Ich bin GOTTES einzigartige Schöpfung und ich werde sie lebenslang respektieren.

NLP (Neurolinguistisches Programmieren) hat eine Technik zur Körper- und Geistheilung für ca. 30 Minuten zum Üben.

Mantra zum Singen:

" ॐ धन्वंतराये नमः ॥
ॐ नमो भगवते महासुदर्शनाय वासुदेवाय धन्वन्तरये: |

अमृतकलश हस्ताय सर्वं भयविनाशाय सर्वं रोगनिवारणाय ॥

Übersetzung: „Wir beten zum Herrn, der als Sudarshana Vasudev Dhanvantari bekannt ist. Er hält den Kalash (Topf) des Nektars der Unsterblichkeit. Lord Dhanvantari beseitigt alle Ängste und Krankheiten."

Das Chanten des Dhanvantari-Mantras hilft bei der Verbesserung des spirituellen Aspekts zum Umgang mit Gesundheitsproblemen:

In den Worten von Achary Prashantji:

„Es gibt niemanden auf der Welt, der nicht manchmal bei einem anderen krank wird. Der Körper ist das Ding, das seinen Krieg bereits gewonnen hat. Was wir also tun können, ist, jedes Mal, wenn wir versagt haben, wie ein unnachgiebiges Kind aufzustehen und uns wieder zu wehren. Jedes Mal gegen den Körper zu rebellieren und dennoch zu versuchen, Ängste zu überwinden, ist ein Gewinn für sich. Jedes Mal geht die Gesundheit schneller voran als du und du musst dich anstrengen, um zu binden. Gesunde Ernährung, Meditation, Bewegung, frühes Aufstehen, Kontrolle des Zorns, da er sich selbst mehr schadet als anderen, kann einen gewissen Nutzen bringen, um eine gute Gesundheit über einen längeren Zeitraum aufrechtzuerhalten. Dennoch, da das Leben unsicher ist und der Körper auf natürliche Weise entwickelt wird, hat er seinen eigenen Weg, um voranzukommen. Tod und Schmerz sind unvermeidlich und Leiden ist da, um uns stärker zu machen!!!

Dr. Pragati V. More-Mengade

PATRIOTISMUS

"देस मेरे देस मेरे, मेरी जान है तू
देस मेरे, देस मेरे, मेरी शान है तू।"

...Textdichter Sameer

Patriotismus ist nicht nur das Feiern nationaler Feste an bestimmten Tagen der Freiheit, 15. August und Tag der Republik, 26. Januar. Aber es ist dieses Gefühl, das uns 24 Stunden und 365 Tage im Blut liegen sollte.

Seit der Antike ist Indien ein Symbol der vedischen Kultur, Bildung, Kultur, die ein ganzheitliches Wachstum jedes Menschen anstrebt. Es heißt "VishvaGuru", der Lehrer der Welt. Shrimad Bhagavatgeeta ist ein philosophisches Dokument, das uns und Menschen auf der ganzen Welt den Weg zum Leben gibt. Auf der einen Seite gab Indien moralische Werte als Beispiel für eine Nation, die in Vielfalt vereint ist. Auf der anderen Seite begrüßte Indien verschiedene Sprachen und gute Methoden aus der ganzen Welt. Es hat globale Persönlichkeiten wie Swami Vivekanand hervorgebracht. Indien hat in den letzten Jahrhunderten eine hohe Gedankenflucht erlebt. Der Urheber der Baudha-Religion ist Indien, das sich inzwischen auf der ganzen Welt verbreitet hat. Dies ist ein Land zeitlos wertvoller Schriften, Literatur.

Die Freiheit, in der wir heute leben, ist ein Geschenk unserer Freiheitskämpfer, indem sie ihr Leben für die Mutter Nation geben.

"Bharatiya" genannt zu werden, ist der Moment des Stolzes für uns Menschen.

Wie wir uns zum Patriotismus bekennen können:

1. Im täglichen Leben, wenn wir unsere Arbeit und Pflicht mit vollem Engagement tun, spielen wir den Baustein im Fortschritt der Nationen.

2. Die Einhaltung sozialer, verfassungsrechtlicher Regeln und Vorschriften, die von den Behörden mit Pflichtbewusstsein festgelegt werden, führt zu einem reibungslosen Kommunikationsfluss zwischen Bürgern und Regierung.

3. Die Wertschätzung jedes Moments als Chance des Selbstfortschritts und des Fortschritts der Nationen führt dazu, solide strukturelle Rahmenbedingungen zu schaffen, in denen Wachstum das Ergebnis des gegenseitigen Austauschs ist

4. Die ordnungsgemäße Nutzung der staatlichen und natürlichen Ressourcen des Landes ohne Verschwendung ist von wesentlicher Bedeutung

5. Faule Menschen ohne Lebenszweck werden zum Hindernis für den Fortschritt der Nation. Sie wählen Vergnügen gegenüber harter Arbeit.

6. Sie lernen Sprachen, Technologie und Kultur aus anderen Ländern, machen aber keine Kompromisse mit Bharat-Tattwa.

7. Seien Sie auf Ihre Weise Teil des sozialen Beitrags

8. Kooperation, Zusammenarbeit, Integration für die Nation wird erreicht, wenn wir als Bürger Optimismus und eine positive Einstellung praktizieren.

9. Steh auf, sei dir bewusst, verstehe die Dinge mit Bewusstsein und sei ein kämpfender Krieger unseres Landes.

सरफरोशी की तमन्ना अब हमारे दिल में है
देखना है जोर कितना , बाजूए कातिल में हैं ॥
-----रामप्रसाद बिस्मिल------
भारतमाता कि जय ! वंदे मातरम् ॥

EMPATHIE – DIE TUGEND DER MENSCHLICHKEIT

Es gibt eine Kurzgeschichte. Als Mutter Teresa erfuhr, dass es in einem Haus hungrige Kinder und Mütter gibt, die in den letzten 2-3 Tagen nichts gegessen haben. Mutter Tessa packte sofort etwas zu essen und erreichte dieses Haus. Dass Mutter und Kinder sich sehr über das Essen gefreut haben. Mutter Teresa konnte Freude in den Gesichtern der Kinder spüren. Aber nachdem sie das Essen unter den Kindern verteilt hatten, gingen die Damen zu Mutter Teresas Überraschung zum Haus des Nachbarn und boten ihnen die Hälfte ihres Essens an. Mutter Teresa fragte diese Dame: "Auch wenn du hungrig bist, wie du dein Essen geteilt hast."

Die Dame antwortete lächelnd: „Mutter, die Leute waren auch hungrig. Wie kann man sich ganz ernähren, wenn jemand in der Nähe so hungrig ist?"

Das ist Empathie!

Barack Obama sagt, dass

"Zu lernen, in den Schuhen anderer zu stehen, durch ihre Augen zu sehen, so beginnt der Frieden. Und es liegt an Ihnen, dies zu ermöglichen. Empathie ist eine Eigenschaft des Charakters, die die Welt verändern kann."

Empathie ist eine Form des zwischenmenschlichen oder sozialen Verständnisses. Es bedeutet die Fähigkeit, die Gefühle und Gedanken einer anderen Person aus ihrer Sicht zu verstehen.

Psychologisch können wir eine andere Person und Empathie in 3 Aspekten verstehen, wie

1. Intuitiv - Non - Verbal
2. Sympathisch/geteilt - verbal
3. Einfallsreich/Intellektuell – Verbal

Empathie ist uns wichtig, weil wir angemessen auf die Situation reagieren können, indem wir verstehen, wie sich andere fühlen. Größere Empathie führt zu mehr hilfreichem Verhalten.

Manchmal können im Gegenteil starke einfühlsame Gefühle für unsere Geschlossenen zu Hass oder Aggression führen.

Menschen, die gut darin sind, die Emotionen anderer zu lesen, wie Manipulatoren, Wahrsager, können andere Menschen zu ihrem eigenen Vorteil täuschen.

Empathie wird oft mit Selbstberichtsfragebögen wie dem Interpersonal Reactivity Index (IRI) oder dem Fragebogen für kognitive und affektive Empathie (QCAE) gemessen

GRÖSSER ALS DER TOD DIE WAHRHEIT DES LEBENS

Achary Prashant Sir sagt:

"Dünke

Eine Kerze ist Materie, die im Licht verschwindet.

Das ist der Sinn deines Lebens: Verwandle Materie in Licht.

Dal thkma Mindunglon

Dieses Brennen ist nicht dein Tod, es ist dein lebendiges Kommen!

Brennen Sie schnell, brennen Sie hell."

Der Tod ist eine unabänderliche Wahrheit des Lebens. Das Leben ist ein einzigartiges Fragebogenpapier, das jedem zur Lösung gegeben wird. Wenn die Untersuchungszeit endet, wird sie jedem Einzelnen entrissen. Das Einzige, was in der Hand liegt, ist, dass das Lösen von Fragen in diesem Papier in vollem Umfang und das Schreiben von Lösungen für jede Frage, bevor die Zeit von ganzem Herzen endet. Einige sitzen einfach ruhig da; der Vorgesetzte nimmt das Fragebogenpapier dieser Leute vor der Zeit.

IN BHAGAVAD GITA: Kapitel 2, Vers 27 sagt, dass

जातस्य हि ध्रुवो मृत्युर्ध्रुवं जन्म मृत्युस्य च |
* * *

Bedeutung:

Denn wer geboren wird, stirbt mit Sicherheit und die Toten werden mit Sicherheit wiedergeboren. Auch aus diesem Grund bist du es nicht wert, in dieser unvermeidlichen Angelegenheit zu trauern.

So können wir weiterhin harte Arbeit leisten, ohne dem Kreislauf von Geburt und Tod viel Aufmerksamkeit zu schenken. Der physische Körper stirbt, aber nicht Aatma, die Kernseele im Selbst ist unsterblich.

Wenn Essen vor uns liegt, ob wir essen, essen wir nicht Glück und Achtsamkeit.

Jeder hat verschiedene Arten von Angst im Kopf. Sie können wie folgt aussehen:

1. Todesangst

2. Einen verschlossenen Menschen verlieren, den du liebst

3. Prestige in der Gesellschaft verlieren

4. Geld verlieren und in Konkurs gehen

5. Angst vor dem Alleinsein

6. Angst vor schweren gesundheitlichen Problemen

7. Unsicherheit über bevorstehende Situationen

8. Hürden, die in Zukunft kommen werden

9. Frieden, Glück, Freiheit verlieren

Wenn uns Angst in den Sinn kommt, wenn wir versuchen, sie zu analysieren, lässt sie uns einige bittere Wahrheiten des Lebens erkennen. Wenn wir damit kämpfen, wird es im Unterbewusstsein stärker. Die Lösung besteht darin, hinter den Kulissen zu sehen, warum uns diese Angst wiederholt in den Sinn kommt und sie auflöst. Wenn wir im Vergleich zu Angst ein höheres Ziel im Leben verfolgen, sinkt die Intensität des Angstgefühls. Vielmehr haben wir überhaupt keine Zeit, über die Angst nachzudenken. Unser Geist ist völlig beschäftigt mit den Aufgaben, die auf den Sinn des Lebens ausgerichtet sind. Wenn Sie Angst haben, versuchen Sie zu sehen, dass Sie Ihr Leben nicht mit harter Arbeit und richtigem Grund zur Arbeit gefüllt haben.

Wenn du Angst hast, eine wichtige Person in deinem Leben zu verlieren, die du am meisten liebst, deutet dies darauf hin, dass er oder sie mehr Zeit von dir braucht und diese Beziehung auch Priorität erfordert!

Wenn Sie immer Unsicherheit oder Angst haben, Geld zu verlieren, deutet dies darauf hin, dass Sie nicht genügend Fähigkeiten entwickelt haben, um unter allen Bedingungen für ein gutes Überleben zu arbeiten, oder dass Sie sich nicht zu 100 % für Ihre Arbeit engagieren.

Wenn Sie das Gefühl haben, Prestige in der Gesellschaft zu verlieren, zeigt dies, dass Sie sich mehr Sorgen um die Meinungen der Menschen über Sie machen. Die Zeit, in der Sie Wertschätzung von ihnen brauchen. Sie sind nicht stark genug, um auch individuell die richtigen Entscheidungen zu treffen.

Wenn du dich allein fühlst, heißt das nur, dass du deine eigene Gesellschaft nicht genießt. In dieser Phase entstehen ziemlich große Kreationen und Erfindungen. Einsamkeit bedeutet, glücklich und friedlich mit sich selbst zu sein. Wenn Sie nicht im mentalen Einklang mit den Menschen in Ihrer Umgebung sind oder keine guten kinästhetischen Schwingungen von ihnen spüren, ist es besser, allein zu bleiben als unsichere und unangenehme Gesellschaft.

Die körperliche Gesundheit hat ihre eigene Art, unseren physischen Körper zu programmieren. Es ist eine sehr komplexe Funktion. Man kann nicht vorhersagen, dass er nicht krank wird. Aber ist es in Ordnung, wertvolle Momente des Lebens zu verlieren, die in der Hand liegen und sich der Angst vor der Gesundheit opfern, die unsicher ist? Physische Körper sind nicht unmoralisch. An dem einen oder anderen Tag müssen wir Teil dieses Universums sein. Das Einzige, was in der Hand liegt, ist, dass wir auf dem Schlachtfeld in voller Form spielen, ohne uns um Dinge zu kümmern, die wir nicht kontrollieren können.

Wenn wir einen fähigen, starken, steinähnlichen Geist schaffen, können wir jede Hürde, die in unser Leben kommt, mit Mut bewältigen.

Mut ist wichtiger als Zuversicht. Wenn wir mit Mut den ersten Schritt zu einer bestimmten Sache machen, ist Vertrauen das Nebenprodukt des Prozesses, der für diese gewählte Sache arbeitet.

Im Sanskrit-Literaturgenre '

Bedeutung:

Der mutige Mann, auch wenn er von einer Krise umgeben ist, wird seinen Mut nie reiben. Selbst wenn Flambeau nach unten gehalten wird, gehen ihre Flammen nie unter. Also wähle Mut statt Angst, wähle Weisheit statt nur Wissen!

Wähle Frieden über vorübergehende Freuden !

Entscheide dich dafür, auf dem Schlachtfeld stark zu bleiben, anstatt feige zu rennen Sei Inspiration statt Hindernis in jemandes Leben Entscheide dich dafür, du selbst zu sein, der mächtigste Krieger !!!

Dr. Pragati V. More-Mengade

LEBENSZWECK: ALLE WAFFEN EFFEKTIV EINSETZEN!

Warum müssen wir den Sinn des Lebens identifizieren?

Der menschliche Geist hat seine eigene Art, seine tiefen Wünsche auszudrücken, indem er uns unruhig macht und ständig hinter bestimmten Dingen herläuft. Wir fühlen uns nicht wohl. in einer Situation, in der wir uns im aktuellen Lebensstand befinden. Wir wollen immer woanders hingehen. Diese Unruhe hält den Menschen immer im Streben und er ist nicht in der Lage, sich von unnötigen Belastungen des Lebens zu befreien. So wird es unvermeidlich, einen zu finden, der dich erfüllt. Selbsterkenntnis durch Fragen an sich selbst ist die beste Methode, um den Sinn des Lebens zu finden.

Es gibt nur ein grundlegendes Problem – Ihren Verstand. Wenn du es perfekt löst, um die Richtung des Lebens zu finden, richten sich deine Handlungen und Gedanken auf das helle Licht des Bewusstseins aus.

Das Leben dient nicht nur dazu, alltägliche Aktivitäten auszuführen, Routinen zu befolgen, Verantwortung zu tragen, in manchen Momenten Freuden aus dem Leben zu nehmen und sich im unbewussten Modus etwas hinzugeben. Vielmehr ist es ein Erwachen, die Wahrheit des Lebens zu kennen, wo ich gerade stehe, in dem meine Seele wirklich den Sinn des Lebens findet, der mir Zufriedenheit des Lebens geben wird.

Wenn ein Mensch den richtigen Lebenszweck findet, wird er von diesem Moment an nur noch Herr seines Lebens. Er lässt sich auch nicht von den temporären Attraktionen, Emotionen, Erwartungen und Belastungen mitreißen. Er nutzt seinen Intellekt, seine Ressourcen, seine Umgebung als Waffe und arbeitet an jedem Aspekt des Lebens. Er beteiligt sich an würdigen Ergebnissen, indem er grenzenlose harte Arbeit leistet.

Der ultimative Zweck des Lebens ist es, auch von Glück und Traurigkeit befreit zu werden!

Freiheit von jedem Wunsch und ein glückliches Universum der Wahrheit in sich selbst zu sein!!!

Meditation :

Chanten des Sanskrit-Mantras: Om purnmadah „?? ??

Dieses uralte Friedensmantra gibt uns die Superkraft der Zufriedenheit. Es öffnet unser inneres Auge, um zu sehen, dass alles um uns herum, in uns und alles, was jemals kommen wird, in sich selbst großartig und vollständig ist.

Die Wahl des richtigen Lebenszwecks:

1. Es sollte klar sein,

2. Es sollte ganzheitliches Wachstum beinhalten

3. Analysieren Sie es in regelmäßigen Abständen

4. Vermeiden Sie es, in einem sinnlosen Rennen mit unorganisierter Geschwindigkeit zu laufen

5. Es sollte so groß, riesig sein, dass sich all deine Faulheit, Angst, Langeweile, über Erwartungen, Ängste, Stress davor auflösen sollten.

6. Haben Sie den Mut, in eine herausfordernde und völlig neue Welt einzutreten. Bis und solange es keine Wunden, Kratzer an Körper und Geist gibt, kannst du dich nicht zu einer stärkeren entwickeln. Schmerz durch Leiden schafft deinen Weg des stabilen Wachstums und der großartigen Reise, die vor dir liegt.

Im Sanskrit heißt es:

"सुवर्णपुष्पाम् पृथिवीं चिन्वन्ति पुरुषस्त्रय: |
शुरश्व कृतविद्यश्व यश्च जानाति सेवितुं ||"

Bedeutung:

Diese Erde voller goldener Blumen sucht drei Arten von Menschen.

1. Mutig, 2. Gelehrter mit Wissen, 3. Jemand, der weiß, wie man anderen dient

Gib dich also niemals auf. Du hast das Potenzial, schöne Harmonie zu schaffen, die du in diesem Universum verdienst. Ändere deine Mentalität, alles um dich herum wird sich in eine positive verwandeln.

Arbeite so hart, dass du alles außer deinem Ziel vergisst. Resonanz in den Beziehungen durch die Herangehensweise eines gesunden Geistes. Sei spirituell, um Wahrheit, Befreiung und Göttlichkeit zu finden. Meditiere, um deinen Geist gesund, glücklich und friedlich zu machen. Behalten Sie immer die Einstellung des Lernenden bei. Sei vorsichtig mit deinem eigenen Fach. Gut planen, kaum ausführen. Haben Sie Leidenschaften, Hobbys, um ein wunderbares Leben zu führen. Sieh Tränen der Freude in den Augen deiner Eltern mit deinem Dankbarkeitsansatz. Seien Sie Krieger-Mentor Ihrer Kinder. Geben Sie ein Beispiel für Ausdauer, enorme harte Arbeit, großartige Einstellung, Geduld vor ihnen. Seien Sie sie! Einfühlsamer Geist ist der glücklichste Geist, also versuche, alles Mögliche für Menschen zu tun, die wirklich deine Hilfe brauchen. Eine Handlung ist besser als tausend Absichten. Zähle die Segnungen, die du sammelst, anstatt andere materialistische Dinge zu zählen.

SEIEN SIE KOSTBAR..

SEIEN SIE EINZIGARTIG...

SEI DER KRIEGER DES LEBENS.

About the Author

1) Shrimad Bhagvatgeeta
2) Researchgate.net
3) Dr. Judith E. Pierson Forschung aus - Die Kraft des Unterbewusstseins
4) https://vivekavani.com
5) Sarth Sanskrit Subhashit – H. A. Bhave
6) www.nccih.nih.gov
7) www.verywellmind.com/Von Wendy Rose Gould

8) NLP-Handbücher von Shri Yogendra singh Rathod

9) www.amazon.in

10) www.doremember.xyz

11) Ar. Arpita das & Ar. Kaustubh deoghare Forschungsarbeit auf JETIR veröffentlicht

12) www. winstonmedical.org

13) Achary Prashant Sir Zitate aus Weisheitsfeeds

14) www.sanskritbhuvan.com

15) www.webmd.com

16) www.mediativemind.org

www.ingramcontent.com/pod-product-compliance
Lightning Source LLC
LaVergne TN
LVHW091537070526
838199LV00002B/105